제주에서 ^{먹고} 살려고
책방 하는데요

제주에서 먹고 살려고 책방 하는데요

강수희
에세이

BOOK
STORE
Avec

indigo
Story and mate

차례

프롤로그 무사 제주에 살앙수꽈?(왜 제주에 살아요?) 6

Letter 1 웰컴 투 제주

16   육지 사람이지만 제주 사람이기도 하고요?!

25   행당동 보살님의 예언

30   익숙한(쫓겨난) 그 집 앞

37   교양 불어 재수강생 출신의 불어 작명기

48   내가 책방 사장님이라니! 내가 자영업자라니!

54   공항 라운지 '오, 사랑'

63   언니는 누가 제일 부러워?

Letter 2.   당신의 모든 1년들을 응원해요

76   사장님, 저 제주에서 1년 살아보려고요

86   인간애 소멸 직전 만난 귀인들(feat. 아베끄 동화)

99   제주 동서남북 책방 사장들이 모이면 생기는 일

111   분노의 공지사항

125   쪽잡한 책방에서 예약을 외치다

139   땡스 투 봉준호

152   제주에 내려오지 않았다면 몰랐겠지

Letter 3.   우리는 언제부터 도시를 미워하게 됐을까요?

163   제주가 날 이렇게 만들었어

178   눈을 낮추든가 돈이 많든가

185   저도 이런 집에 살고 싶어요

190   대 환장 검질 파티

202   아니, 내가 지금 죽겠다는 게 아니라

212   섬에 산다는 것

220   벌써 5년 : since 20170715 + 20220505

에필로그 우리에게 제주는 229

무사 제주에 살암수꽈?
(왜 제주에 살아요?)

이렇게 될 줄 몰랐다. 제주에 이렇게 오래 머물게 될 줄 몰랐고, 책방을 열게 될 줄은 상상도 못했다. 하다 하다 식료품 가게까지 열었다. 서울에서 내려올 때 가지고 왔던 두 개의 캐리어는 트럭 두 대가 꽉 차는 살림살이로 늘어났다.

이렇게까지 될 줄은 정말 생각도 못했다. 생각지 못한 결과지만 꽤 마음에 든다. 아직까진. '나의 제주살이'에 스스로 후한 점수를 주는 이유는 최종 평가가 아닌

중간 점검이기 때문이 아닐까 싶다. 나는 지금의 과정들에 만족하고 있다.

나는 아직 제주에 있다. 이 글들은 육지의 때를 벗어가며 제주에서 나를 돌보던 이야기다.

출판 계약서를 썼다는 말에 "이제 정말 큰일 났네."라고 했던 후배의 말을 한글 프로그램을 열 때마다 떠올렸다. 내가 어쩌자고 겁도 없이 책 낼 생각을 했을까. 한 꼭지의 마침표조차 제대로 찍기 어려웠다. 쓰기는 쓰는데 이게 정말 책으로 나올 수 있는 걸까. 자기 의심 속에서 겨우 짜낸 '초고'를 편집자에게 보낼 땐 자기 객관화가 극에 달했다. 출판사에서 "이건 도저히 책을 만들 수 없겠습니다."라고 해주길 바랐지만 그런 일은 벌어지지 않았다. 결국 많은 작가들이 출간 전에 겪는다는 '나무야 미안해' 단계에서 이 글을 쓰고 있다.

매일 생방송 원고를 쓰던 짬이 있으니 '이 정도 분량

이야 한 달이면 뚝딱 쓰지'라고 했던 오만방자함이 이렇게 사고를 쳤다. 내가 매일 라디오 원고 쓰던 인간이 맞긴 한 건가. 머리를 쥐어뜯으며 겸손해졌다. 왜 이렇게 안 써지는 걸까. 첫 번째 이유는 원고 마감이 매번 온갖 핑계에 밀려났기 때문이다. 먹고살아야 해서, 날씨가 좋아서, 육지에서 손님이 많이 내려와서, 태풍이 와서, 잡초를 뽑아야 해서, 자꾸 딴짓부터 먼저 했다. 시험 기간에 책상을 치워야 집중할 수 있는 수험생처럼 '쓰는 행위'를 자꾸 우선순위에서 밀어냈다. 그래, 내가 자율학습이 잘 되는 인간이었으면 서울대 갔지.

두 번째 이유는 내 안의 심의실 때문이라고 핑계 없는 무덤을 파본다. 자꾸 방송 원고 쓰던 버릇으로 글에 필터를 대려고 했다. 이 얘기를 써도 될까? 이거 불법 아냐? 욕먹는 거 아냐? 이걸 당사자가 보면 기분 나쁘지 않을까? 도무지 진도가 나가지 않았다. 나의 이런 변명에 편집자는 "일단 써보세요."했고, 결국 '일단' 쓰긴 썼다.

진도가 안 나갔던 진짜 이유는 따로 있었다. 내 이야기를 내가, 내 손으로 써야 한다는 것. 디제이가 읽을 글을 쓰던 작가가 자기 얘기를 쓰려니 키보드 위에서 손가락만 깨작깨작. '방송작가 출신의 반육반제(반은 육지 사람, 반은 제주 사람) 제주 정착기'에 과연 사람들이 관심이 있을지도 의문이었다. 쓰면 쓸수록 자신이 없었다는 얘기다. 모르는 사람들에게 별것도 아닌 내 이야기를 펼쳐 놔야 한다는 사실이 얼마나 겸연쩍은 일인지, 큰일 났다고 했던 후배는 알고 있었던 걸까? 알고 있었다면, 그녀는 나를 더 적극적으로 말렸어야 했다. 지금도 나의 제주 이야기가 나를 모르는 사람들에게 어떻게 가닿을지, 생각만 해도 명치가 오물오물해진다.

나는 여전히 제주에 있다. 방송 일은 점점 줄어들었지만 벌여놓은 일과 하고 싶은 일은 줄어들 기미가 안 보인다. 인간관계의 폭과 깊이도, 관심사도 육지에 있을 때와는 꽤 많이 달라졌다. 시간이 흘렀고 세상이 변하기도 했지만 나는 제주가 나에게 다른 세상을 열어 주었기 때문이라고 생각한다. 그 문을 연 것은 나였지만 그 문 안에서 나름 잘 살고 있는 건 나 혼자의 힘으로는 어려운 일이다. 그런 면에서 떠오르는 많은 이들에게 여러모로 고마울 따름이다.

제주에서 앞으로 내가 어떻게 될지 잘 모르겠다. 제주가 나를 어디로 데리고 갈지도 알 수 없다. 적당히 힘을 주었다 뺐다 하면서 수면 위에 둥둥 떠 있다 보면 어디든 닿겠지. 아마도 이 책이 둥둥 떠 있다가 닿은 '어딘가' 중 한 곳이 아닐까 싶다.

웰컴 투 제주

H에게

난 잘 내려왔어.

바쁘신 와중에도 제주에서 올라온 친구 밥 사 먹이겠다고

김포공항까지 친히 나와주셔서 어찌나 성은이 망극하던지!

짧은 시간 동안 입은 하나인데, 밥도 먹어야 하고

근황 토크도 빨리 해야 하고, 제주에 도착했을 땐

성대결절 온 거처럼 목이 아프더라.

밀도 있는 만남을 뒤로 하고 너는 다시 회의실로,

나는 다시 제주로. 김포공항 무빙워크 앞에서 헤어질 때,

네가 어김없이 이 말을 했지.

"나도 제주 살고 싶다."

마음 같아선 영화처럼 너의 손목을 잡고

공항을 향해 달려가고 싶었지만

현실의 나는 언제나 팩트 폭격기로서 역할에 충실하지.

"헛소리 말고 들어가서 얼른 돈 벌어! 하나는 벌어야지."

Avec

제주공항에 내려서 금능으로 들어가는데

마침 석양이 기가 막히길래 해안도로를 탔어.

이런 게, 네가 제주에 살고 싶다고 하는 이유겠지?

육지 사람들이 꿈꾸는 제주 판타지.

그래서 해안도로 옆에 차를 세우고

바다로 떨어지는 석양 사진 한 장 찍어서

육지 사람들 약 올리듯 SNS에 올렸지.

맞아, 제주는 참 매력적이야. 그리고 참…… 불편해.

불편하지만 매력적일 수도 있고,

매력적이지만 불편할 수도 있어.

막히는 강변북로 대신 해안도로를 달릴 수 있다는 건

매력적이지만 밤에 라면이 떨어졌을 때 편의점까지 가려면

차를 타고 나가야 하는 건 참 불편해.

음식 배달의 선택지가 얼마 없다는 건 불편하지만

가끔 낚시로 잡은 무늬오징어를

이웃으로부터 선물받는 건 아주 매력적이지. 너는 어때?

강변북로와 해안도로, 배달 가능 업체 100개와

무늬오징어 선물,

이 중에서 하나만 고르라면? 나는…… 해안도로였나 봐.

알다시피 내가 좀 촌스러운 구석이 있잖아.

매화가 지면 유채꽃이랑 갯무꽃 피고, 이어서 청보리,

그리고 초당옥수수가 나오기 시작하고

피서객들이 한차례 휩쓸고 가고,

추워진다 싶을 때 억새가 피고 귤밭이 점점 예뻐져.

그즈음 밭에선 브로콜리, 당근, 붉은 양배추,

방울양배추들이 모양을 잡아가.

그게 또 얼마나 귀여운지 몰라.

난 이런 게 왜 이렇게 좋니?

난 아마도 당분간은 촌스러운 것들에 익숙하게 살 거 같은데,

너는 어떨 거 같아? 정답은 없어.

아이러니한 건 제주에 내려오고 나서는

서울도 사랑하게 됐다는 거야.

지긋지긋하던 강변북로랑 동부간선도로도

이제 다시 보이더라.

서울을 여행자의 눈으로 보게 됐으니까.

누군가에겐 제주가 답일 수도 있고,

답이 아닐 수도 있단 얘기야.

나 혼자 제주에서 재미 보고 있는 거 같아서 미안하지만

(미안하지만 미안하지 않다.)

너는 서울에서 열심히 돈 벌고,

열심히 재밌는 에피소드 모아놓고 있어.

그러다가 불편함에 익숙해지고

제주의 변화무쌍한 가면을 감당할 자신이 생기면,

그때 제주에 내려오는 거 진지하게 생각해보자.

서울에서 너무 위로 올려다보지도 내려다보지도 말고.

아프지 말고. 좀 덜 외로워하고 있어.

제주엔 또 태풍이 올라온대.

이번 태풍이 지나고 나면 시간 내서 한번 내려와.

제주 사는 친구 둔 누구는 좋겠네.

always welcome to stay.

"제주 분이세요?"

책방 손님들이 가장 많이 하는 질문이자, 대답하기 참 애매한 질문이다.

"아버지 고향이 제주이긴 한데, 저도 육지에서 내려왔어요."

이 단순한 대답은 수년에 걸쳐 다듬어진 것이다. 원래 대답은 좀 길었다.

"아버지가 제주 분이신데, 고등학교 졸업하시고 육지로 올라가셨고, 어머니는 육지 분이시고, 두 분은 지금 서울에 계시고, 저는 본적이 애월이긴 하지만 육지에서 태어나 자랐고 어쨌든 서울에서 내려온 사람이에요."

　그냥 "육지 사람이에요." 혹은 "제주 사람이에요."라고 하면 될 것을 굳이 이렇게까지 길게 답할 필요가 있었나 싶다.

　질문한 사람도 당황스러울 TMI에는 나름의 이유가 있다. '그래도 나는 제주 것'이라는 정통성과 '육지 것'의 도시인스러움, 둘 다 놓치지 않겠다는 의지, 그리고 나름의 계산이 들어간 대답이기 때문이다. 육지 사람들에게 '나도 너희처럼 육지 사람이지만, 지금은 제주에 살아.'라고 하면 부러움 가득한 시선을 받는다. 제주 어르신들은 '나도 제주인의 피가 섞여 있어요.'라고 했을 때 경계의 눈빛을 푼다. 사람에 따라 부러움의 대상이 되었다가, 동질감의 대상이 되기도 하는 마법의 지팡이를 휘두르겠다는 얍삽한 계산. 기회주의적이고 요상하고 같잖은 우월의식이라는 거 안다.

　뭐 이런 황당한 계산법이 있냐 싶겠지만 실제로 이

계산이 먹힌 적이 여러 번 있었다. 육지 사람들에게 제주에 산다고 하면 받게 되는 질문과 시선은 말할 것도 없고, 육지 것인 줄 알고 경계의 레이저를 쏘던 제주 어르신들에게 "아버지가 납읍 분이세요. 저도 본적이 납읍이에요."라고 답하면 "기이?(그래?) 납으읍?" 하시면서 미간의 경계가 풀어지는 걸 나는 봤지롱.

이런 일도 있었다. 마을 어른들과 회식 비슷한 자리에 끼게 된 적이 있었는데, 그 자리에서 당시 제주 도지사의 제주 정통성(?)에 대한 이야기가 나왔다. 그는 제주에서 고등학교까지 살았고 서울로 유학한 이후 쭉 서울에서 정치 활동을 하다가 고향 제주에서 도지사에 당선된 이였다. 제주도민들은 그를 '제주 사람'이라고 했다. 그는 분명 고향이 제주이긴 하지만 제주에 산 시간보다 육지에서 산 시간이 더 긴 사람이었다. 하지만 제주 사람들에게 그는 '제주 것'이었다. 그보다 훨씬 긴 시간 제주에서 살았고, 살고 있어도 여전히 '육지 사람'인 이들을 떠올리면, 좀 황당한 생각이 들었다. 그래서 어르신께 여쭤보았다.

"그럼, 저는 제주 거예요, 육지 거예요?"

당연히 '제주 것'이라고 하셨다. 어르신의 대답을 듣고 앞에서 말한 되지도 않는 기회주의적인, 요상한 우월의식이 갖게 됐던 것이다. 오호라…… 그렇다면?! 제주 것, 육지 것…… 둘 다 놓치지 않을 거예요!

그렇다면 나는 왜 이렇게 스스로 반육반제(반은 육지 사람 반은 제주 사람)로 제주에 내려오게 됐을까? 제주에 내려오기 2, 3년 전 나는 라디오를 안 듣는 사람도 제목은 한 번쯤 다 들어봤을 〈별이 빛나는 밤에〉의 메인 작가가 되었다. 작가 동기들보다 빠른 입봉이었다. 잘난 척이 아니라 지나고 보니 객관적으로 빠른 것이었다. 빨리 메인 작가가 되는 것이 마냥 좋은 일은 아니라는 건 나중에 깨달았지만 당시 나의 꼴값은 하늘을 찔렀다. 기고만장하게 '그래, 라디오에서 〈별이 빛나는 밤에〉 메인 했으면 드라마로 가야지! 라디오에서 할 건 다 했어.'

라는 미친 생각을 해버렸다. 개뿔. 할 걸 다 하긴 뭘 다해.

　　그런 정신머리로 막내 작가 때 시트콤을 같이 했던 선배를 찾아갔다. 애기 때 나를 좋게 봐주었던 선배에게 겁도 없이 드라마를 하고 싶다고 들이댔다. 선배의 소개로 시트콤 하나를 하고(엄청 깨졌다), 이어서 선배가 기획하던 미니시리즈에 보조 작가로 합류했고, 또 이어서 다른 선배와 아침 드라마에 들어갔다. 그때 제주에 내려왔다.

　　아침 드라마의 집필 작가였던 선배는 각자의 집에서 재택근무로 일하길 원했다. 지금으로 치면 비대면 회의를 하고, 각자 작업 후 다시 랜선 회의. 이런 릴렉스한 작업 환경이 어딨나 싶겠지만 일일 드라마인 아침 드라마의 스케줄 상 하루에 한 회 분량의 대본을 쭉쭉 뽑아내야 했다. 정말 뽑아낸다고밖에 말할 수 없는 상황이었다. 하루라도 일정이 어그러지면 다음 주 촬영 펑크, 방송 펑크. 말로만 듣던 쪽대본을 날려야 하는 상황. 내 몸과 마음도 쪽쪽 빨리는 기분이었다. 이런 상황에서 집에 우환까지 겹쳤다. 안 그래도 드라마 작업 때문에 신경이 바짝바짝 곤두서고 짜증 예민 보스인데, 온종일 눈물 바람인 엄마를 보고 있자니 누가 물 적신 수건으로 재갈을 물리고 머리에 검은 비닐봉지를 씌워놓은 것 같았다. 숨이 안 쉬어지고 가슴이 답답해 주먹으로 가슴을 치며 작업을 했다. 아파트 베란다가 자꾸 눈에 들어왔다. 스스로도 내가 위험하단 생각이 들었다. 도망가고 싶었다. 최대한 멀리, 이 답답함과, 이 우환과, 이 우환의 본거지인 가족으로부터 물리적으로, 아주 멀리.

그때 떠오른 곳이 제주였다. 20대 중후반부터 숨이 막혀 죽을 거 같을 때마다 뻔질나게 드나들었던 곳. 바다를 봐야 숨을 쉴 수 있을 거 같았다. 야반도주하듯 캐리어 두 개를 끌고 새벽 비행기를 타고 내려왔다. 장대비가 쏟아지던 습습한 7월 말이었다.

장마철에 내려와 두 계절을 보내고, 드라마도 끝을 향해 가고 있었다. 그즈음 그 미친 노을을 만났다. 하루 종일 랜선 회의에 손가락과 귀는 마비될 것 같은데 조연출의 갑질에 딥빡이 왔던 날이었다. 후끈했던 정수리를 식혀준 주황빛에서 보랏빛, 이어서 쪽빛, 계속 이어서 칠흑으로 물들어 가던 바다 위 노을. 그날 알았다. 노을은 해가 바다 너머로 떨어진 직후부터 더 작열한다는 것을. 남은 태양 빛이 사라지고 낚시꾼들의 붉은 실루엣이 검은 바다 빛에 섞일 때까지 멍하니 보고만 있었다. 오늘 무엇 때문에 화가 났던가, 기억도 나지 않았다. 그날 숙소로 돌아오는 길에 깨달았다. 아니 다짐했다.

　'제주에 살아야겠다. 제주에 살면 살 수 있겠다.'

　그 이후 제주에 내려와서도 크고 자잘한 빡침들은 어김없이 있었다. 왜 아니겠는가. 제주가 지상낙원은 아니고 내가 틱낫한 스님도 아니니 당연히 빡침이 없을 수는 없지. 심지어 나는 화가 많은 체질인데. 하지만 나는 나만의 빡침 중화제를 찾아냈다. 붉은색 유화 물감을 때론 거칠게, 때론 부드럽게 터치해 놓은 노을들이 빡침의 농도를 묽게 만들어 준다는 걸. 내일이 없는 듯

한 그 노을이 나를 '캄다운'시켜 주었다. 진정제가 되어 주었다.

　이것이 제주에 내려와 살아도 되겠다, 살아야겠다고 결심한 이유다. 싱겁다면 싱겁지만 이 결정적 장면은 여전히 나에게 진정제 역할을 해주고 있다. 그리고 미친 노을은 한 번도 같은 얼굴을 보여준 적이 없다. 매번 다른 붓 터치로 매번 다른 감동을 주지만, 어휘력이 모자란 나는 매번 같은 감탄사를 내뱉고 만다.

　"우아, 미쳤다, 진짜!"

　가끔은 '헤에' 입을 벌린 채 저 미친 노을을 오래도록 가만히 바라보는 게 날고 기는 어휘력을 발휘해 떠드는 것보다 낫다. 그리고 그게 미친 노을의 진정제 효과에 대한 예의일지도 모른다.

행당동 보살님의 예언

크리스천(모태 신앙)이지만 나는 무속신앙도 '즐겨' 믿는다. 특히 신점을 종종 '즐겨' 본다. (이 글을 보면 한달음에 달려와서 내 두 손을 잡고 "기도하자, 수희야!"라고 할 몇몇 지인들이여, 눈을 감아주오.) 심리상담 효과와 불안한 미래에 대한 안심 등이 필요할 때 종종 애용한다. 훗날 몇 개나 맞았나 체크하는 건 별사탕 맛보는 재미랄까. 그런 취지로 서른 즈음에 나는 친구들과 행당동 신점을 보러 갔다. 신내림 받은 지 얼마 되지 않은 아주머니였다. 가기 전에 친구는 질문거리를 잘 생각해오라고 했다. 질문거리랄 게 뭐 있나. 뻔하지.

"저, 잘 될까요?"

도대체 나는 왜 점집에 가서 내가 잘 되는지를 물어 봤던 걸까? 아니, 왜 물어보고 다니는 걸까. 어쨌든 그 무속인 아주머니는 누군가와 중얼중얼 대화하는 듯하더니, 빈 종이에 40이라는 숫자를 쓰고 동그라미를 그렸다.

"마흔에 대박 나!"

"마흔이요? 아, 너무 먼데…… 그럼 그때까지는 망해 있나요? 근데 뭘로 대박 나요? 지금 하는 일로 대박 나는 거예요?"

당시 나는 〈별이 빛나는 밤에〉메인 작가를 때려치우고 나와서 드라마 하겠다고 삽질에 삽질을 거듭하는 중이었다. 얼마나 대단한 드라마 작가 되시겠다고 안정적인 자리를 박차고 나왔을까. 그래 놓고 재능의 벽에 부딪혔다며 무속인을 찾아가 '내가 이걸 잘할 수 있을까, 나는 왜 이 길에 서 있나, 이게 정말 나의 길인가, 이 길의 끝에서 내 꿈은 이뤄질까'를 묻고 있단 말인가.

"지금 하는 일은 아냐."

"그럼요?"

"장사."

"무슨 장사요? 저 장사 한 번도 안 해봤는데?"

"먹는 걸 수도 있고……."

"식당이요? 제가 요리를 좀 하긴 하는데…… 저 카페 하고 싶은데, 혹시 물장사인가요?"

"물장사일 수도 있고…… 암튼 지금 하는 거 말고 다른 걸로 대박 나!"

마흔 대박 예언을 들은 내 나이 서른하나. 그로부터 5년 뒤 나는 제주로 짐 싸서 내려왔고, 또 그로부터 3년 뒤 책방을 오픈했다. 그때 나는 그 예언을 떠올렸다. 사실 그때만 떠올린 건 아니고, 막연하게 나의 마흔을 상상하면서 자주 행당동 보살의 예언을 떠올렸다. 방송일이 안 풀릴 때마다 생각했다. 난 장사로 대박 난댔는데. 이거에 목숨 걸지 말까? 근데 무슨 장사? 식당을 해볼까? 나 마흔에 대박 난댔는데. 카페를 해볼까? 나 물장사여도 대박 난다고 했는데. 작가 때려치울까?

행당동 보살님이 말한 마흔에 대박이 난다고 한 장사는 책방이었을까? 제주 먹거리 공구였을까? 10년 전에는 작은 동네 책방의 개념도 없었고, 먹는 걸 인터넷으로 사고파는 공구 개념도 없었다. 대박 난다고 했던 애매모호한 '장사'는 지금의 이 애매모호한 사이즈의 책방과 책방에서 애매하게 팔고 있는 먹거리가 아니었을까 싶다. 먹는장사는 먹는장사인데 아주 먹는 것만 파는 것도 아니고, 물장사라고 하기엔 음료를 팔고 있지 않은 책방.

어쨌든 서른 즈음에 들었던 나의 마흔 예언은 반은 맞고 반은 틀렸다. 서른 즈음에 하던 일이 아닌 것도 맞고, 장사를 하는 것도 맞다. 하지만 대박이 나지 않았으니 행당동 보살을 용하다고 해야 할지 말아야 할지 모르겠다. 확실한 건 드라마 작가라는 벽이 너무 두껍고 단단해 보여서 부딪히면 뼈가 바스러질까봐 지레 겁먹고 도망치다가 여기까지 왔다는 것. 일단 앞으로 책방

이랑 식료품 가게가 대박이 날 건지에 대해서는 주일에 교회 가서 회개 기도와 감사헌금을 올리면서 하나님께 여쭤봐야겠다.

익숙한 (쫓겨난) 그 집 앞

책방 '아베끄'가 자리 잡은 '금능9길 1-1' 연두색 대문 집은 제주에서 두 번째 집이다. 금능에 연달아 집을 구해 살고 있으니 행운 총량의 법칙에 의해 내 평생 로또 당첨은 물 건너갔다고 봐야 되나? (행운 한도는 누구한테 늘려 달라고 해야 하나.)

첫 번째 집은 마당 안에 안거리(안채)와 밖거리(바깥채)가 있는 전형적인 제주의 시골집으로 안거리에는 주인 할머니와 할아버지가 살고, 창고를 개조한 밖거리에 세를 놓은 집이었다. 바로 그 밖거리가 제주에서 첫 번째 집이었다. 30대 중반의 혈기와 체력을 가지고 있던 나는 창고 같은 집을 셀프 인테리어로 연두색 톤의 코지한 에어비앤비 방처럼 꾸몄다. 오랫동안 해풍에 삭아서 부서져 내리는 콘센트와 파리똥이 까맣게 내려앉은 형광등도 비비드한 조명으로 교체했다. 어디서 본 건 있어서 꽤 그럴듯하게 그림도 걸어두었다.

가전과 살림살이는 새 제품으로 들였다. 서울에서 오피스텔에 살 때는 언제 결혼할지 모르니까 저렴한 거나 누가 주는 걸 대충 썼는데 그 '언제 결혼할지 모르니까'가 1년이 되고, 2년이 되고, 진짜 언제가 될지 모르게 되다 보니 세간살이가 점점 구질구질해졌다. 점점 집에 들어가기가 싫어지더니 집이 동굴처럼 느껴지는 시점이 왔다. 그때 나의 상황이나 심리상태 때문이었을 테지만 제주에서 새로운 시작을 하면서 그때의 기억이 떠올라 살림살이와 가전, 가구는 새것으로 들이고 싶었다. 언제 할지 모르는 결혼에 지금을 맞추지 않겠다는 마음이었다. 당장 다음 달에 결혼을 하게 된다면, 이거 다 가져가거나 남자가 몸만 들어오면 되는 거잖아?

그런데!! 그렇게 의욕에 불타서 조명, 콘센트, 스위치, 벽지, 장판 하나하나 다 손수 뜯어고치고 냉장고부터 침대, 숟가락 하나까지 세팅했던 첫 번째 집에서 나는 1년 만에 쫓겨났다.

2014년부터 3, 4년 사이, 제주의 인구는 폭증했다. 지역 뉴스에서 제주도의 인구 증가와 관련된 뉴스가 하루가 멀다 하고 보도되고 있었다. 올해는 제주 인구가 몇 퍼센트 늘었다는 뉴스에서 말하는 그 몇 퍼센트 안에는 나도 포함됐다. 그러니 그즈음 제주에서 집 구하기는 하늘의 별 따기였다. 보이지 않는 손이 제주를 휘젓고 있었고 그 보이지 않는 손에 내 목이 졸릴 줄이야. 이주자들은 제주도민의 친인척들과도 경쟁해야 했고, 팔이 안으로 굽는 경쟁에서 밀린 케이스가 바로 나였다.

분명 2년 이상 계약을 하고 들어갔지만, 집주인 할머니는 남동생이 제주에 내려와서 이 집에 살아야 한다고 나가 달라고 했다. 한참 제주살이에 탄력이 붙을 때였다. 이런 경우에 '아니, 어떻게 그래? 계약서 안 썼어?' 라며 법대로 하라고 해야겠지만 계약서는 할머니의 사정 앞에서 무용지물. 연세 200만 원짜리 집 가지고 법적 분쟁으로 갈 수도 없고(갈려면 갈 수도 있겠지만) 쫓겨나는 수밖에 없는 처지였다. 어처구니없지만 그 당시 제주 전역에는 나와 비슷하게 황당한 일을 겪은 이주자들이 많았다고 한다. 헐값에 세를 얻어 집을 살 만하게 고쳐놓으니 쫓겨나는 케이스. 그나마 나의 경우는 할머니의 따님이 중간자 역할을 해주셔서 소정의 공사비를 물어주었으니 다행이라면 다행이었던 걸까. 어쨌든 나는 당장 '어디로 가야 하죠, 아저씨?' 상황이었다.

제주에서 내 드라마 써서 공모전 당선되고 금의환향하길 꿈꿨건만, 금의환향은 고사하고 살던 집에서도 쫓겨나 혼수 대신 구비했던 살림살이들을 중고로 처분하고 올라가야 할 판이었다. 엄밀히 말하면 꼭 올라가야만 하는 건 아니었지만, 가뜩이나 혼자 제주에 내려가 있는 걸 못마땅해하시는 부모님이 이 사실을 안다면 당장 소환될 게 뻔했다. 그래서 나는 집에는 알리지 않고 이사할 집을 구하기로 했다. 어쨌든 정 안 되면 서울로 올라간다는 차선책이 있었으니까. 물론 너무너무 올라가기 싫어서 밤잠 설쳐가며 집을 찾았다.

그때 소개받은 집이 바로 '금능9길 1-1', 연두색 대문 집이다. 마을 행사에서 알게 된 애기 해녀 언니가 이사 나갈 집이 있다면서 여자 혼자 살기에는 좀 크고 고칠 곳이 많은 집인데 한번 보겠냐고 했다. 찬밥 더운밥 가릴 처지가 아니었다. 들어갈 집만 있다면 오케이! 다음 날 아침 부리나케 찾아갔다. '아베끄'에 오는 많은 분들이 그러하듯 나 역시 '금능9길 1-1' 집의 대문을 들어서자마자 잔디 진입로(제주에서는 이러한 길을 '올레'라고 한다)를 보고 반해 버렸다.

'그래, 이 집이야!'

첫 번째 집에서 연두색 대문 집으로 이사하던 날, 이사 트럭이 마당까지 들어올 수 없어 이삿짐을 손수 들고 날라야 했다. 1년 동안 짐을 늘리지 않았다고 생각했는데도 자잘한 짐이 꽤 많이 늘어 있었다. 워낙 첫 번째 집에 애정을 쏟아선지 두 번째 집에 정을 붙이는 데는 시간이 걸렸다. 화장실이 마당에 있는 것부터 적응해야 했다. 생각할수록 첫 번째 집에 두고 온 마음이 거둬지질 않았다. 그 집에 공들였던 내 시간과 체력과 애정이 아까워 죽을 거 같고, 날 쫓아낸 주인집 할머니에 대한 원망의 마음이 곰국처럼 우러났다.

그래도 쓸데없는 경험은 없는 것인지, 쫓겨난 집에서 연습처럼 했던 셀프 인테리어가 두 번째 집과 '아베끄'를 만드는 데 든든한 자산이 되어 주었다. 첫 번째 집은 아파트와 오피스텔에서만 살던 서울내기가 처음 시골집에서 살기에 연습용으로 더할 나위 없는 공간이었다. 첫 번째 집에서 조명 달고 삭아서 부서지는 콘센트 교체 작업을 하며 '나는 누구, 여긴 어디?'를 되뇌었는데, 그걸 두 번째 집에서 써먹게 되다니! 오래된 시골집을 책방과 북스테이로 꾸미겠다는 결심을 할 수 있었던 것도 첫 번째

집에서 한 경험이 없었다면 불가능했다. 진정, 세상에 쓸데없는 경험은 없는 것인가.(……라고 생각한다)

　　가끔 금능의 첫 번째 집을 떠올린다. 그 집에서 쫓겨나지 않았다면 책방 '아베끄'가 있었을까? 집주인 할머니가 나가줘야겠다고 했을 때 황당하고 암담하고 화나던 기억과 감정은 이제 많이 흩어져 버렸다. 절벽이라고 생각했던 순간은 결국 또 다른 길이었다는 얘긴 너무 뻔해 보이지만 사실이다. 쫓겨났기 때문에 새로운 집을 구해야 했고, 새로 구한 집에서 먹고 살려고 책방을 하게 됐으니까. 고마워해야 하나? 그래도 익숙한 그 집 앞 모퉁이를 지날 때는 속이 쓰리다. 하필이면 그 집이 금능 도로변에 떡하니 자리하고 있어서 오며 가며 자주 볼 수밖에 없다. 그 집 밖거리에는 주인 할머니의 남동생이 아닌 다른 세입자가 들어가 산다고 한다. 가끔 궁금하다. 내가 발라 놓은 연두색 벽지와 내가 달아 놓은 펜던트 조명은 여전히 아름다운지.

교양 불어 재수강생 출신의
불어 작명기

방송 프로그램 기획 단계 대부분의 시간이 아이디어 싸움이지만, 특히나 참기름 짜듯 마지막 한 방울까지 아이디어를 짜내야 할 때가 있다. 바로, 제목 지을 때. 제목은 참 어렵다. 짧은 몇 글자에 프로그램의 정체성도 담아야 하고, 사람들의 이목도 잡아야 한다. '제목이 다했네.'란 소리 듣는 빈 수레도 있지만, 제목이라도 신박했다면 아주 폭망은 아니라고 본다. 그만큼 제목이 중하다 보니 방송 직전까지 제목을 정하지 못해 밤샘 회의를 하기도 한다. 방송 직전까지 태명 같은 가제로 불리다가 바뀌기도 하고 간혹 가제가 정식 제목이 되기도 한다.

책방 이름을 '아베끄'로 하기까지도 꽤 많은 시간과 정성이 들어갔다. 연애소설, 연애 에세이를 메인 테마로 하는 '연애 책방'을 기본 콘셉트로 잡았지만 '연애 책방'은 책방 이름으로 영 부족했다.(이제 와서 생각해 보니 '연애 책방'이라는 콘셉트 자체도 영…… 생각만 해도 아찔하다) 좀 더 감성적이고 은은하게 어필하는 이름을 원했다. 몇 개의 이름 후보를 뽑기 시작했다.

그중에서도 평소 좋아하던 뮤지션의 노래 제목이 1순위로 꼽혔다. 주위 반응도 좋았다. 그런데 왜 그 노래 제목이 아니라 '아베끄'가 되었나? 결론부터 말하자면 저작자(?)에게 묵언의 거절 메시지를 받았기 때문에 쓸 수가 없었다.

그 뮤지션의 블로그를 통해 쪽지를 보냈다. 뮤지션에게 전화 섭외도 아니고 블로그 쪽지를 보낸 건 처음이었다. 요즘이었다면 인스타그램으로 DM을 보냈겠지. 어쨌든 한마디로 보기 좋게 까인 거 같아. 세 번이나 보냈고, 세 번 다 읽씹. 마지막 쪽지에는 '답이 없으시면 쓰지 말라는 뜻으로 알겠다'는 내용과 귀찮게 해서 죄송하다는 뜻을 정중하되 구질구질 질척거리는 듯한 느낌은 들지 않도록 최대한 담백한 투로 적어 보냈다. 하지만 세 번째 쪽지까지 보기 좋게 까인 것 같아.

주변에서는 '굳이 그걸 허락을 받아야 해?'라고 할 정도로 아까워했다. 노래나 책의 제목은 저작권에 저촉되지 않으니 써도 된다는 말을 하는 친구도 있었지만, 나는 허락을 받고 싶었다. 나 역시 창작자였고 내가 그 뮤지션 입장이라면 자기 노래의 제목을 상호로 내건 책방이 자기 허락도 없이 어딘가에서 영업을 하고 있다면 굉장히 불쾌할 테니까. 그래서 굳이 허락을 구하고 싶었던 건데, 세 번을 두드렸어도, 심지어 거절 의사를 '읽씹'으로 보내온 저작권자를 더는 귀찮게 하고 싶지 않았다. 사실 그 뮤지션이 아쉬워할 정도로 책방을 성공시켜야겠다는 의지도 반짝했더랬다.

자, 그럼 다음 이름 후보 나오세요! 2순위는 'That's Amore(그것은 사랑)'. 외국 작가의 에세이 소제목이자, 이탈리아의 배우 겸 가수인 딘 마틴의 노래 제목이었다. 외국 작가도 딘 마틴도 제주에 있는 작은 책방 이름 가지고 딴지 걸 리 없겠다 싶었다. '허락을 구하고 싶어도 연락할 방법이 없네!' '화장품 회사 이름도 들어가니까 잘하면 화장품 회사에서 콜라보하자고 연락 오는 거 아냐?' 영어와 불어가 합해진 괴문장인 것도 뭔가 얽히고설킨 '사랑'의 복잡한 감정과 어울리는 거 같다고 억지로 끼워 넣어 보았다. 의미 부여까지 하고 보니 아주 그럴듯했다.

그런데 'That's Amore'를 바짝 뒤따라오는 3순위 이름이 나타났다. '그래도 사랑'. 요건 '연애 책방'을 생각하게 된 시작점이자 방송작가 선배의 에세이 제목이었다. 『그래도, 사랑』의 정현주 작가는 내가 막내 작가일 때 친구네 팀 메인 작가 언니였다. 오며 가며 얼굴과 이름은 알고 있었지만, '언니'라고 불러야 하나 '선배님'이라고 불러야 하나 고민될 정도의 거리와 위치에 있는 선배였다. 그랬는데…… 정신을 차리고 보니 언니라고 해야 할지 선배님이라고 해야 할지 애매했던 그분과 통화를 하고 있었다.

"제가 제주에 사는데요…… 금능이라는 동네인데요…… 여기서 책방을 하려고 하는데요……."

블라블라…… 횡설수설하면서 나의 '연애 책방' 콘셉트에 대해 조언과 컨설팅 자문을 구하고 있었다. 친한 작가 언니를 통해 소개받은 정현주 선배는 까마득하고 얼굴도 잘 모르는 후배의 황당한 이야기를 찬찬히 들어 주었다. 이런저런 조언까지 해주었다.

지금 생각해도 무슨 생각이었는지 모르겠다. 무례하다고 해야 할지 순진하다고 해야 할지. 나였다면 그렇게 접근해 온 후배를 그렇게까지 받아줄 수 있었을까. 그때의 나는 그만큼 간절했었고 선배 눈에 그 모습이 보였는지도 모르겠다. 어쨌든 선배와 통화 후에 막연하던 책방에 대한 그림이 그려졌다. 책방 관련 회의를 누군가와 하고 있다는 것이 좋았다. 신이 나기도 하고 긴장도 돼서 한참 떠들었지만, '그래도 사랑'을 책방 이름으로 써도 되는지는 선뜻 묻지 못했다. 정현주 '작가님' 혹은 '선배님'에서 이제 막 현주 '언니'가 됐는데 대뜸 "언니 책 제목 써도 돼요?"라고 할 만큼 철판은 못 되었다. 어쨌든 그날의 전화 통화로 '아베끄'는 천군마마 자문위원을 섭외하게 되었다.

여전히 '연애 고자가 하는 연애 책방'의 이름은 정해지지 않고 있었다. 콘셉트와 셀링 포인트와 부제목은 확실한데, 그것들을 압축할 만한 이름이 뽑아지지 않았다. 스케줄상으로는 3월 초에 사업자 등록을 하러 가려고 했는데, 2월 말이 될 때까지 이름이 나오질 않고 있으니 뇌세포들을 하나하나 채찍질하고 싶은 심정이었다. 이름이 나와야 출생 신고를 할 거 아냐!

애당초 콘셉트가 너무 애매했나 싶은 생각까지 들었다. 연애 젬병 주제에 무슨 연애 책방이랍시고 이런 콘셉트를 잡았나 싶었다. 콘셉트를 좀 제너럴하게 잡고 제목만 좀 귀엽게 갈 걸 그랬나? 어떡하지? 어떡하지? 뭘로 하지? 뭘로 하지? 자려고 누워도, 화장실에 가도 책방 이름만 생각했다.

다시 2순위 이름으로 돌아가 보았다. 'That's Amore'. 다시 보니 너무 구렸다. 이따위 콩글리시가 다 있나. 그래도 불어는 버리기 싫고, '아모레'로 하기엔 너무 스킨로션 같아서 얼굴에 발라야 할 거 같고…… 환장하겠네. 불어 사전과 프랑스 영화 명대사를 뒤지기 시작했다.

c'est la vie(인생이란 그런 것). 이게 '연애 책방'이랑 어울리나? 탈락!

colombe(사랑스러운 사람). 오그라들어, 탈락!

fou d'amour(사랑에 미친). 미치진 말자, 탈락!

une cour d'amour(사랑의 뜰). 오, 괜찮은 거 같은데! 더 찾아보자.

이거 떼고 저거 떼고 나니까 정말 불어고 나발이고

일단 덮어 버렸다. 네이밍이 이렇게 사람 잡는 일이라니.

이쯤 되면, '요 인간이 불어를 좀 하나? 왜 불어에 저렇게 집착하지? 불문과라도 나왔나?'라는 의구심이 들 것이다. 기대에 부응하지 못해 미안하지만, 고등학교 때 제2외국어, 대학 때 교양 불어 재수강으로 B+ 받은 수준이다. 그런데 굳이 책방 이름을 불어로 고집했던 이유는? 단순히 불어에 대한 동경 때문이었다. 불어가 예뻐서. 듣기에 좋았다. 불어의 발음도, 불어를 말하는 입 모양도, 불어의 억양도, 불어의 모든 것이 다 감미롭고 다정하게 들려서 좋았다. 정말 무식한 말이라는 거 안다. 언어가 어디 단순하게 마냥 좋기만 할 수 있겠나. 하지만 어린 여고생에게는 불어가 그런 언어였고, 그렇게 각인된 불어 이미지가 여기까지 오게 했다.

책방 이름 작명이 지지부진한 게 너무 복잡하고 진지하게 접근해서인 거 같단 생각이 들었다. 다시 원점에 원점으로 돌아가서 일단 입에 잘 붙고 귀에 잘 감기는 단어를 찾아보기로 했다. 물론 불어에서.

불어사전 A(불어에서는 a를 '아'로 발음한다)부터 다시 한 장씩 넘기던 중에 드디어 한 단어가 매직아이처럼 눈에 들어왔다. avec! 왜 다른 단어가 아닌 avec가 눈에 들어왔을까 곰곰 생각해 보면…… 아는 단어였으니까. 재수강으로 B+ 겨우 받은 교양머리 없는 교양 불어 수준에 avec면 감지덕지가 아닐 수 없었다.

다짜고짜 책방 컨설팅(?)을 부탁했던 현주 언니에게 톡을 보냈다.

−AVEC '아베끄' 어때요?

−소오름. 나 지금 푸리토리움의 〈AVEC〉 듣고 있었어!

데스티니! 입에 짝짝 붙고, 귀에도 착착 감기며, 사랑은 '함께'라는 의미도 찰지게 들러붙는 그 이름, '아베끄' 아직 칼바람이 남아 있던 2017년 3월 어느 날 믿거나 말거나 그렇게 운명처럼 책방 이름이 결정되었다. 이렇게, 갑자기?! 운명은 갑자기, 어느 순간, 짜잔, 스치듯 결정되기도 하니까.

덧붙이는 이야기

　북스토어 '아베끄'라는 이름을 듣고, '아베끄족'에 대해 이야기하는 사람들이 종종 있다. 오렌지족, 야타족이 한 시대를 풍미하던 그즈음에 나타났던 소수민족으로 추정되는 아베끄족. 북스토어 '아베끄'는 그 아베끄족과는 무관함을 밝힌다. 그리고 당신이 만약 아베끄족에 대해 알고 있다면…… 당신은 옛날 사람!

갑자기, 어느 순간, 짜잔 스치듯,
운명적인 Avec*!

* Avec : 프랑스어로 '함께'라는 뜻

**내가 책방 사장님이라니!
내가 자영업자라니!**

7월하고도 보름날을 디데이로 잡았다. 어차피 오픈 예정일은 한참 이상 지나 버렸으니 오픈일은 정하기 나름이었다. 이왕 이렇게 된 거, 성수기에 딱 오픈하자 싶었다. 달력을 보며 생일을 고르는데…… 기억하기 쉬운 날짜, 7월 15일 당첨! 매년 '아베끄 생일이 언제였더라?' 하고 고민하지 않겠다는 얄팍함이었다. 한 살 한 살 먹을수록 숫자를 기억하는 게 귀찮아지고 있었다.

돼지머리 두고 고사 지내는 개업식은 아니더라도 기념이 될 만한 이벤트를 하고 싶었다. 책빵(?)을 여는 거니까 개업 떡 대신 빵을 돌리기로 했다. 제주는 제사

상에 카스텔라를 올릴 정도로 빵을 사랑하는 지역……인 것은 핑계. 내가 떡보다 빵을 좋아했다. 다 돌리고 남는 건 다 내 입에 털겠다는 마음으로 서귀포에 있는 좋아하는 빵집에서 '미니 크루아상'을 세 판 주문했다.

드디어 2017.7.15. 토요일. 따끈하고 달콤하고 고소한 크루아상의 향기가 '아베끄' 안에 가득 퍼졌다. 12시 오픈 전 봉투에 빵을 담아 '아베끄' 골목에 싹 돌렸다. 하얀 빵 봉투를 건네면서 살짝 떨렸다. 어르신들이 좋아하셔야 할 텐데. 앞으로 장사하면서 조금 소란스러워도 너그러이 봐주셔야 할 텐데. 빵 한 봉지로 이렇게 인사드리는 게 송구하지만, 그래도…… 예쁘게 봐줍서양.

오픈을 축하해 주러 온 지인들과 첫 손님들에게도 한 봉지씩 들려 보내는 걸로 오픈식을 대신했다. 날이 저물고 친구들이 돌아간 뒤에 어둑해진 '아베끄'를 보고 있자니 혼자 감격이 차올랐다.

'아, 이것은 내 가게다! 내 꺼다!'

이 코딱지만 한 구멍가게 하나로 내 인생에 방점 하나를 찍은 기분이 들었다. 그 방점이 어떤 의미인지는 정확히 알 수 없었지만 사이즈가 꽤 큰 방점이라는 건 느껴졌다.

크고 작은 공개방송도 해봤고, 크고 작은 예능 프로그램, 라디오 프로그램, 시트콤, 드라마까지 해봤는데, 이 까짓 구멍가게 하나 여는 게 뭐 대단한 일이냐고 생각했었다. 그런데 다 차려놓고 보니 살짝 설렜다. 아직 결혼식도 안 해봤고, 아이 돌잔치도 안 해봤고, 내 명의로 된 아파트도 없어서 집들이도 안해봤으니 '나만의 것'을 위한 행사는 '아베끄' 오픈이 처음이었다. 복잡 미묘한 감정이었다. 여태껏 내가 해왔던 일들은 아무리 뼈를 갈아 넣으며 잘 만든다 한들 PD와 방송국만 좋은 일 시키는 꼴이었다. 그런데 눈앞에 있는 저 가게는 내가 잘하고 열심히 한 만큼의 보상을 해줄 내 사업체, 내 영업장, 내 꺼라는 뿌듯함. 어쩌면 나는 내 노력이 고스란히 내 몫으로 돌아오는 일을 원했던 건지도 모르겠다. 스

나의 첫 '내 꺼' 책방 아베끄,
나는 그렇게 '사장님아'가 되었다.

오픈 빵

스로 대견했다. 히죽히죽. 아무도 날 대견해하거나 대단하다고 해주지 않으니 셀프로라도 칭찬해야지 뭐. 더 큰 사업을 하는 사장님들한테는 별거 아닌 구멍가게였지만 적어도 나에게 '아베끄'는 별거였다. 엄청난 별거였다. 평생 갑을병정정정으로 살겠거니 했던 프리랜서 작가가 사업자등록증을 가지고 있는 '대표님'이 되었다는 것이 감개무량했다. 그 사업주, 대표님이라는 것이 갑을병정정정보다 더 정정정정정정……이라는 건 감히 생각하지도 못한 순진한 초보 사장이었다.

가수가 노래 제목 따라가듯, 자영업자도 가게 이름 따라가는 게 아닌가 싶다. 'avec(~와 함께)'. 너무 많은 도움을 받았고, 받고 있다는 걸 한껏 느끼고 나니 고마운 마음이 차올랐다. 책방 이름을 '아베끄'로 짓길 정말 잘했단 생각을 두고두고 했다.

큰 행사를 마치고 관객이나 하객들에게 감사를 표할 때 이런 인사를 하곤 한다.

"이렇게 먼 곳까지 와주셔서 감사합니다."

이 인삿말이 굉장히 진부하고 식상하다고 생각했는데, 직접 해보니까 알겠다. 정말 가슴 깊이 감사한 마음에서 우러나오는 인사라는 걸.

그렇게 나는 '아베끄'를 열었고, 사장님이 되어 버렸다. 아니, 자영업자가 되어 버렸다.

공황 라운지 '오, 사랑'

　　서로를 '개시키'라고 부르는 대학 친구가 있다. 먹고 사느라 1년에 한 번 볼까 말까 하지만 텔레파시로 서로의 안녕을 주고받는 나의 개시키에게 오랜만에 연락이 왔다. 서울에 언제 오냐며 할 말이 있다고 했다. 할 말이 있으면 도입부 빼고 말하는 사이에 뭔 말을 하려나 싶었다.

　　"뭔 할 말 타령이야? 그냥 톡으로 해."

　　"나 공황장애래. 그래서 휴직하려고."

　　갑작스러운 공밍아웃에 뭐라고 답을 해야 할지 몰라 순간 멈칫했다. 나의 당황을 개시키에게 알리지 않으려 아무 말이나 지껄였다.

"그럼, 나 보러 오는 거야?"

겨우 생각해 낸 멘트였다. 이어서 계속되는 아무 말 페스티벌.

"너한테는 안 됐지만, 니가 나를 보러 올 수 있어서 그건 좋네."

나의 개시키한테나 먹힐 농담이었다. 역시나 개시키는 개시키. 그녀는 내 말에 동의했다.

지인들 중 다섯 손가락까지 갈 것도 없이 두 손가락 안에 드는 예민쟁이 개복치인 개시키는 나의 예민함을 알아본 첫 번째 인간이었다. 개시키를 통해 알았다. 예민한 사람이 예민한 사람을 알아본다는 걸. 자기 입으로 "나 열라 예민하고 대따 섬세한 사람이에요!"라며 자신의 예민함을 무기로 내세우는 사람보다 곰탱이 가면을 쓰고 상대방의 예민함을 섬세히 살피는 사람이 더 예민하고 피곤한 사람들이라는 걸 개시키를 통해 배웠

더랬다. 상대방이 뱉은 말 한마디로 그 사람의 성격을 들여다보는 예민한 촉수를 가진 인간들. 그 예민한 촉수가 언제나 자신을 비롯한 모두에게 곤두서 있어서 속이 문드러져 가는 진짜 예민쟁이들. 그런 사람이 나의 개시키였다. 그런 개시키가 이제사 공황장애란다.

"병원은?"

"병원에 갔으니까 진단을 받았지."

"약은?"

"2년 전에 병원 처음 가서, 약 먹고 괜찮아졌다가 요즘 다시 좀 안 좋아졌어."

역시나 무덤덤하게 남 얘기처럼 한다. 무던하고 덤덤해 보이는 얼굴로 개복치 멘탈을 숨기고 시크한 유머 감각을 갑옷인 듯 무기인 듯 써먹으며 사회생활을 했을 개시키는 화장실로 달려가 가슴팍을 주먹으로 쳐내다가, 주먹으로도 해결 안 되는 지경에 이르렀던 것이다. 나의 개시키가 병가를 내겠다고 하자, 회사에서는 그녀의 공황장애를 믿지 않았다고 한다. 꾀병 아니냐고 장난 취급했다나 뭐라나. 하아, 우린 얼마나 더 단단해져야 하는 걸까? 이 무딘 세상에서 얼마나 더 굴러야 몽돌처럼 동글동글 단단해질까.

내가 제주에서 소소한 것들에 맘을 내주며 포동포동 살이 찌는 동안 친구는 곪고 있었구나 생각하니, 이 자식을 제주로 끌어내려 숨을 쉬게 해주고 싶었다. 공강 시간에 기어들어가 놀던 원룸 자취방에서 벽에 다리를 올려놓고 시시덕거리면서 서로에게 자학 농을 주거니 받거니 하다가, 엽기 셀카를 찍다가, 쟁반짜장 2인분을 시키면서 사이드 메뉴로 탕수육이냐 군만두냐를 고민하던 그런 시답잖은 시간을 다시금 함께 누려보고 싶었다. 그런 희희낙락하는 시간이 그녀를 회복시켜 줄 것만 같았다. 그녀에겐 그런 충전의 시공간이 필요해 보였다.

영국 드라마 〈오티스의 비밀상담소〉의 주인공 오티

스에겐 에릭이라는 게이 친구가 있다. 자신의 생일에 에릭은 오티스와 '헤드윅' 코스튬을 하고 영화 〈헤드윅〉을 보기로 한다. 하지만 여차여차한 일로 오티스는 에릭과 약속을 지키지 못했고, 요란한 트랜스젠더 분장을 한 채 오티스를 기다리던 에릭은 지나가던 동성애 혐오론자들에게 린치를 당한다. 평소 아들의 게이 성향을 걱정스럽게 바라보던 에릭의 아버지는 피투성이가 되어 집에 돌아온 아들에게 "강해져야 한다."고 말한다. 에릭의 아버지가 말한 '강함'은 단순한 힘을 뜻하는 건 아니었다. 스스로를 지킬 강인함과 세상의 차가운 시선을 버텨낼 단단함. 나의 공간이 개시키를 비롯한 누군가에게 그런 '강함'을 충전할 수 있는 곳이면 좋겠다고 생각했다.

나의 개시키 외에도 방송작가 친구들과 선후배들이 '오, 사랑'에 묵어갔다. 휴가로 오기도 했지만, 방송 일의 특성상 번아웃 상태로 오는 이들도 종종 있었다. 푸석

한 얼굴에 동공이 풀린 채 대문을 들어서는 그들을 보면 영혼 털림의 정도가 짐작이 돼 속이 상했다. 한숨이 절로 나오는 상태였던 이들은 책방에 딸린 작은 방 '오, 사랑'에서 저러다 욕창 나지 싶을 정도로 방바닥에 들러붙어 있다가, 배고프면 겨우 일어나 밥 먹고, 해질 무렵 동원이와 부자 똥산책으로 금능을 한 바퀴 도는 빡빡한(?) 일정으로 몇 날 며칠을 보냈다. 그러면 풀려 있던 동공이 조여지고 푸석했던 얼굴에 윤기가 돌기 시작했다. 버짐이 허옇게 펴 있던 멘탈이 다시 맨질맨질해진 게 느껴졌다.

있는 그대로의 회복. 너무 흔해져서 너덜너덜해진 힐링이니 치유니 하는 것들 말고 단순하고 목적성 없는, 솔솔 올라온 새 살의 단단함을 위한 시간. 그들에게 그런 시간이 깃든 공간을 선물하고 싶었다. 나에게도 필요했던 것들이었으니까.

실제로 '오, 사랑'에서 멘탈에 기름칠을 하고 간 친구들이 농담으로 했던 말이 '공황 라운지'였다. 도시에서는 깊은 잠을 잘 수 없었던 그들은 3평 남짓한 '오, 사랑'을 가리켜 '숙면의 방' 혹은 '불면 치료실'이라고 했다. 며칠 잠만 푹 자도 사람이 윤기가 돈다는 걸 연구하는 임상 실험실 같기도 하다. 생활 소음 없이 조용하고, 스트레스와 물리적으로 멀어졌다는 것이 숙면을 불렀을 것이다. 그리고 이건 영업 비밀인데, '오, 사랑'에는 특별 주문 제작한 매트리스가 깔려 있다.

내 잔소리를 들으며 뒹굴뒹굴하던 지인들을 제주공항에 배웅해 주고 오는 길은 괜스레 뿌듯하다. 그들이 다시 일상으로 돌아가더라도, 당분간 버틸 수 있는 에너지를 공급해 준 거 같아서 입꼬리가 슬금슬금 올라간다. 어쭙잖게 이런 생각까지 해 본 적도 있다. '나 하나쯤은 이렇게 시골에서 충전기 역할을 해도 괜찮겠구나.' 물론 지인들의 생각은 어떤지 모르겠다. 나를 금능의 날강도 쯤으로 생각할지도 모르겠다.

멘탈에 기름칠이 필요할 땐,
북스테이 '오, 사랑'

덧붙이는 이야기

친구들끼리 어쩜 이렇게 상스럽기 그지없는 애칭을 쓰는지 친구와 내가 왜 서로에게 '개시키'가 되었는지 오해와 억측이 있을까 싶어서 짚고 간다. 대학 때 갑자기 친구가 '너를 개시키라 부르겠노라' 선언했다. 대놓고 개시키가 뭐냐고 반발했지만, 친구의 부연 설명에 나는 물개박수를 치면서 '개시키'라는 애칭을 받아들였다. 친구 왈 할머니들이 귀한 손주들을 "아이고 우리 똥강아지!"라고 부르지 않냐며, '이제부터 너는 나의 개시키'라고 못을 박았다. 그렇게 우리는 '너와 나의 개시키'가 되었다.

언니는 누가 제일 부러워?

비양도에서 처음 숨비소리를 들었다. 그 소리를 처음 들었던 순간이 너무 또렷하다. 제주에 내려올 때 한창 방송 중이었던 아침 드라마를 막 끝낸 참이었다. 드라마는 꽤 좋은 시청률을 기록하며 마무리됐다. 후련하면서도 허전했다. 비록 보조 작가이긴 해도 참여한 작품이 잘 됐으니 자신감이 조금 붙은 상태였다. 한편으론 여전히 불안한 미래에 불면하던 때였다. 그런 와중에 제주에서 살기로 마음먹은 나의 머릿속은 이런저런 것들로 복잡했다. 마침 비양도가 눈에 들어왔다. 금능 해변과 마주 보고 있는 저 섬에 가봐야겠다는 생각을 했다. 한림항에서 새벽같이(아침 9시) 비양도로 들어가는 배를 탔다. 그곳에서 숨비소리를 들었다. 비양도 둘레길을 걷다가 어린아이 비명 같기도 하고 돌고래 울음 같기도 한 소리에 주위를 둘러봤다. 주변에서 움직이는 것은 바다에서 자맥질하고 있는 해녀들뿐이었다.

'아…… 저 소리가 말로만 듣던 숨비소리구나!'

다시 물속으로 들어가기 위해 물 밖에서 내는 들숨과 날숨 사이의 호흡 한 줌. 주황색 부표를 띄워 놓고 잠수했다가 수면 위로 나오면서 내뿜는 소리. 너무도 신비로웠다. 물질하는 해녀들과 내가 저 휘파람 같은 소리로 묶이는 듯했다. 한낮에 만난 비현실적인 소리에 나는 홀리고 있었다. 라인 강의 뱃사공들이 왜 로렐라이에게 홀리는지 알 것 같았다. 이렇게 크게 들리는 소리가 물질하고 있는 해녀들의 저 작은 몸통에서 나오는 소리라고? 더 가까이서 듣고 싶었다. 멍하니 숨비소리를 듣고 있으니 기분이 묘했다. 살고 싶어졌다고 해야 하나? 죽고 싶단 생각을 했던 건 아니지만 사는 게 재미없고 더 이상 재밌는 삶이 앞으로 내게 있을까 싶을 때였다. 그런데 숨비소리를 넋 놓고 듣고 있자니 **잘** 살고 싶어졌다. 지금도 나름 열심히 살았지만 **더 잘** 살고 싶어졌다. **행복하게 잘** 살고 싶어졌다. 그렇게 비양도 바닷가 현무암 위에 앉아 사연 있는 여자처럼 한참 숨비소리를 듣다가 본섬으로 나가는 배 시간에 맞춰 일어났다.

2014년 제주에 내려왔을 때 나는 30대 중반이었고 방송작가 연차로는 13, 14년 차였다. 소위, 잘 팔릴 때였다. 여기저기에서 많이 찾는 연차와 경력이었다는 건데, 수요가 많을 연차에 나는 제주살이를 시작했고, 친구들은 서울에서 자기 자리를 지켰다. 나는 '마흔 될 때까지만 내가 하고 싶은 거 실컷 하고 마흔부터 다시 달리자!'라고 겁대가리 없는 결심을 했었다. 제주에 내려와서도 서울을 오가며 할 수 있는 프로그램들은 있었다. 하지만 서울에 있을 때보다 선택지는 좁아지고 일하자는 제

숨비소리.
해녀들이 물질할 때
깊은 바닷속에서 해산물을 캐다가
숨이 턱까지 차오르면 물밖으로
나오면서 내뿜는 휘파람 소리.

안도 점점 줄어들었다. 그러는 동안 어느새 자신과 했던 약속의 시간이 훌쩍 지나 버렸다.

서울에 있을 땐 다들 비슷한 선상에 있던 친구들과 여러 면에서 간격이 벌어졌다. 친구들이 가진 숫자와 내가 가진 숫자의 격차가 커진 만큼이나 마음의 거리도 멀어졌다. 내가 제주에서 파도에 둥둥 떠다니며 사는 동안, 육지에 있던 친구들은 성실하고 탄탄하게 커리어를 다져 나갔다. 커리어뿐 아니라 통장 잔고, 재테크, 부동산 등 친구들의 성장과 발전에는 가속이 붙는 거 같아 보였다. 나만 제자리걸음이었다. 아니, 제자리걸음이라면 몸풀기하는 중이라고 허세라도 부리련만, 왜 나는 문워크를 하고 있는가.

누구는 드라마 작가로 데뷔한다더라, 누구는 무슨 프로그램 기획에 들어간다더라, 누구는 얼마짜리 계약을 했다더라, 누구는 얼마짜리 차를 샀다더라, 누구는 어느 동네 아파트를 샀다더라, 누구는 누구는…… 누군가의 성장 혹은 성공 소식들을 듣다 보면 작아지는 게 느껴졌다. 작아지다 못해 쪼그라들었다. 부러움은 자기비하로 이어졌다. 자기비하는 자격지심으로, 자격지심은 옹졸함으로. 그렇게 스스로 뾰족해지는 걸 느꼈다. 제주는 나의 선택이었고, 내 선택을 후회한 건 분명 아닌데, 왜 그랬을까? 내가 선택한 시간 동안 그 누군가는 그들이 선택한 시간 안에서 노력했을 뿐인데.

그러다 어느 순간, 나이도 연차도 어리지만 언니 같은 후배와 통화하다가 내가 잘나가는 '누구'의 소식에 더는 부러움을 느끼지 않고 있다는 걸 깨달았다.
"그럼 언니는 요즘 누가 제일 부러워?"
질문을 받고 한참을 생각했다. 계약금을 많이 받았다는 또 '누구'의 근황을 이야기하다가 나온 질문이었을 것이다. 몇 년 전만 해도 그런 소식을 들으면 부럽다는 말이 나왔을 텐데, 그렇지가 않았다. 그들이 더 많은 계약금을 받으며 작품을 준비하고, 제작사들의 러브콜을 받는 건 요행이 아니었다. 그들은 자기 자리에서 수명 단축의 꿈을 실현하며 기획안과 대본을 뽑아냈을 것이다. 내가 그들만큼 노력했는데도 그들만큼 인정받지 못했다면 부럽고 샘나고 경쟁심을 활활 불태웠겠지만, 나는 내가 노력하지 않았던 시간들을 인정했다. 무엇보다 몸값이 올라갈수록 그들이 짊어져야 하는 책임감과 기타 등등의 무게가 더 무거워진다는 걸 이젠 안다. 그래서 쉽게, 부럽다는 말을 하지 않게 되었다. 나는 그런 부담감으로부터 도망치고 있었으니까.

"부러운 사람이 없는 게 부럽네."

후배는 내가 부럽다고 했다. 부러운 상대가 없는 상태가 좋은 거 아니냐고. 하지만 나도 인간인지라 부러운 사람은 없을지 몰라도, 스스로 작아지다 못해 옹졸해질 때가 있다. 옹졸함을 넘어 뾰족해진다. 그래서 더 뾰족해지지 않으려고 열심히 '아베끄'를 살릴 궁리를 해야 한다. 곳간에서 인심 난다고, 지갑의 두께가 인성과 인격을 좌지우지하는 인간이 바로 나라는 걸 알기에. 잘 나가는 누구누구의 소식에도 쪼그라들지 않으려면, 나는 나의 곳간 아베끄를 잘 키워야 한다.

그래도 잘나가는 '누구'가 될 수도 있는 그대들의 소식, 뭍에서 섬으로 종종 전해주오. 이젠 부럽지도 않지만 쉬 쪼그라들지도 않으니 걱정 마시고. 언제나 그대들이 잘들 살고 있는지, 힘든 일은 없는지, 제주에 사는 나에게 연락하고 싶은데 너무 오랫동안 연락하지 않아 머뭇거리고 있는 건 아닌지 궁금합니다. 제주가 날 받아 주었던 것처럼, 나의 '아베끄'와 '오, 사랑'이 그대들을 받아 주는 날이 꽤 오래도록 이어지길 바라면서 뭍의 소식들을 기다립니다.

Letter 2

당신의 모든 1년들을
응원해요

K씨에게

K씨, 잘 올라갔어요? K 씨랑 아베끄랑 벌써 6년 차네?

아베끄에 처음 왔을 때 나는 2개월 차 초보 사장님아였고,

K씨는 대학생 되고 첫 여름방학이라며

재잘거리던 스무 살이었는데.

그 여름 아베끄 기운과 K씨는 찰떡이었달까?

그렇게 아베끄는 찰떡 단골이 생겼더랬죠.

며칠 전, 아베끄에 들어선 K 씨 얼굴 보고 좀 놀랐어요.

K 씨 입에서 '퇴사'라는 단어가 나왔을 때,

드디어 K 씨도 그 터널을 통과하고 있구나 싶더라.

생기발랄보다는 '피곤하다'를

입에 붙이고 사는 때꾼한 얼굴이

더 잘 어울리는 직장인 2년 차.

사람도, 일도 다 버겁고, 자신감이 하늘을 찔렀다

지하동굴까지 내려갔다 롤러코스터를 타고

고만고만했던 친구들과는 비교할 것들만 늘어나고

지금 하는 일을 평생 할 수 있을까?

언제까지 이 일로 먹고살 수 있을까? 하다가

뭐라도 해봐야겠다 싶어, 주위를 두리번거리다

결국 퇴사까지 생각하게 됐지만

막상 퇴사를 하려니 용기가 안 나는……

'나는 뭐 해 먹고 살아야 하나'의 터널.

 사실 뭔가 어른스럽게 피가 되고 살이 되는 말들을

해주고 싶었는데 꼰대 같아 보일까봐

K씨의 하소연에 추임새만 넣었네.

나도 K씨와 비슷한 얼굴을 하고 비슷한 고민을

누군가에게 털어놓은 적이 있더라고요.

막내 작가일 때 협찬사 팀장님이었다가

언니동생이 된 사이였죠.

언니는 승진이 보장된 회사를 마흔에 때려치우고

해외 어학 연수를 떠났어요.

그리고 1년 반 만에 돌아와서는

자기 사업을 시작하더라고요.

그때 내 눈엔 언니의 과감한 선택과 행보가

너무 과감해서 신기하게만 보였죠.

"언니는 어떻게 그런 결심을 하셨어요?"

딱 지금 K씨 같은 얼굴을 하고 물었더니

언니가 저에게 반문했어요.

"수희 씨는 1년 전에 뭐 하고 있었어?

그때랑 지금이랑 많이 달라? 1년 후엔 어떨 거 같아?"

어쩌면 언니의 그 질문이

지금 나의 제주살이의 시작이 아니었나 싶어요.

'그래 몇 개월만 내려가 보자. 내 인생에서 몇 개월

제주에 있어도 크게 달라지는 건 없을 거야.'

그렇게 시작된 제주살이가 1년, 2년, 3년……

결국 아베끄와 아베끄쟝까지 와버렸네?

지금도 '시간'에 대해서 용기가 나지 않을 때,

언니의 질문을 떠올려요.

K씨는 1년 뒤에 어떨 거 같아요?

1년 뒤엔 뭘 하고, 무슨 생각을 하고 있을까요?

아니, 무슨 생각을 하고 있었으면 좋겠어요?

어떤 1년을 보내든 나는 K씨의 모든 1년들을 응원해요.

K씨가 초보 사장님아에게 보내줬던

싱그러운 응원은 아니겠지만

금능 바다 지키고 묵직하게 서 있는

돌하르방의 기운을 담아, 응원할게요.

꼭 기억에 남는 1년들을 차곡차곡 쌓길 바라요.

아, 그리고 그거 알아요?

K씨가 이렇게 회사 욕도 하고, 신세한탄 하면서

같이 늙어가는 처지가 되니까

싱그러운 스무 살 손님일 때보다

더 가깝게 느껴지는 거.

역시 사람은 적당히 나이 먹고,

적당히 뒷담화하면서 살아야 친해진다니까.

그리고⋯⋯ 고마워요, 항상.

사장님, 저 제주에서
1년 살아 보려고요

"사장님, 저 제주에서 1년 살아 보려고요!"

대학 졸업반인 단골 청년의 달뜬 목소리였다. 띠동갑도 훌쩍 넘는 그는 몇 년 전 책방 마당에서 열렸던 낭독회 참가자였다. 행사 참가자 중 유일한 남자이기도 했지만, 제주에서 흔히 볼 수 없는 나 홀로 남자 여행자이기도 했다. 앳되고 숫기 없어 보였는데 웬걸? 이모뻘 되는 누나들 틈바구니에서도 꽤나 사교성을 발휘하면서 낭독회를 즐겼다. 이후 SNS로 서로의 근황을 알 수 있었고, 그가 제주에 여행 올 때마다 방문해서 안부 나누는 단골이 되었다.

Avec

어느 날인가는 교생 실습을 나갔다는 피드를 올렸는데, 교생 실습 나간 학교가 '오, 사랑'에 손님으로 오셨던 교장 선생님이 계신 학교였다. 이런 신기방기한 우연이! 혼자 내적 친밀감 500%.

또 놀라운 것은 교생 실습을 나간 그가 지구과학 교생이었다는 것. 지구과학이라니! 학창시절, 심오한 우주와 광년의 개념을 이해하느라 광년이가 되곤 했던 나로서는 갑자기 단골 청년인 그가 우러러보였다. 그래서 나도 모르게 그가 올린 피드에 댓글을 달아 버렸다.

−전공이 지구과학이었어요? 맙소사!

여기서 '맙소사'는 고등학교 3년 내내 지구과학 과목을 가르쳤던 선생님 얼굴이 떠오르게 한 '맙소사'였다. 선생님의 양복 핏과 헤어스타일까지 떠올랐다. 그는 교생 실습이 끝나고 마지막 계절학기가 시작하기 전에 '오, 사랑'에 묵으러 오겠다고 했다.

그는 낭독회 때 본 거보다 더 건강하고 생기 있는 얼

굴로 나타났다. 육지 빵도 사들고 왔다. 학교 앞에 줄서서 사먹는 유명한 빵집에서 파는 묵직한 맘모스빵이었다. 낭독회 때는 소년에 가까웠다면 이젠 제법 사회인 같았달까? 이제 막 교생 실습을 마치고 와서인지 제법 선생님 티가 나는 것 같기도 하고, 교생 실습 기간 동안 설렘, 기대, 웃음 같은 짐작 가능한 밝은 기운들을 담뿍 받고 온 얼굴이었다. '아베끄'까지 그 기운이 퍼지는 것 같았다. 그동안 어떻게 지냈는지, 졸업 후 진로는 어떻게 잡고 있는지 이런저런 이야기를 나누었다. 책방을 하면서 좋은 점이 바로 이것이다. 무장 해제된 손님들의 이야기를 꺼내 들을 수 있다는 것. 물론 그 이야기들 중에는 연애 이야기도 빠질 수 없다. 나는 연애를 안(못)하고 있지만 누군가의 연애담을 듣는 것은 언제나 대환영. 그 연애 사연에다 꼴 같지 않게 훈수를 두기도 한다. 지 코도 못 닦는 주제에.

사람 일 어떻게 될지 모른다더니, 근황 토크를 하다 말고 그에게 과외 학생을 연결해 주게 되었다. 살다 살다 단골손님한테 과외도 소개시켜 주네. 제발 좀 니 코나 닦으세요.

며칠 뒤 그는 서울로 올라갔고, 소개해 준 학생의 과외를 하게 됐다는 연락을 받았다. 그리고 여름이 끝날 즈음 그에게서 또 DM이 왔다.

─사장님, 주무세요? 지금 통화 가능하신가요?

이런 늦은 시간에 긴급통화 요청은 연애상담일 확률이 높아서 은근 흥미진진 기대를 했다. 그게 아니라면 과외 소개해 준 게 뭐 잘못 됐나? 그런 거라면 소개해 준 사람 입장에서 좀 불안한데?

"왜? 무슨 일이에요?"

"다른 게 아니구요……."

그의 목소리가 너무 밝아서 내가 생각하는 연애 상담도 아니고 과외가 잘못된 것도 아니다 싶어 실망과 안심을 동시에 했지만 티를 내진 않았다.

"저 결심했어요."

"뭘요?"

"졸업하고 '제주에서 1년 살기' 하기로."

"에에?"

졸업 후 진로를 아직 정하지 않았던 그는 급하게 남들 하는 대로 진로를 정하는 것보다 자신이 좋아하는 제주에서 1년 동안 과외를 하면서 무엇을 하고 싶은지 더 생각해 보고 싶다고 했다. 연애 상담보다 더 놀라운 반전이었다. 생각해 보면 놀라운 일도 아니었다. 그는 20대 초반부터 제주를 혼자 여행 다니던 청년이었다. 제주에 혼자 여행 와서 책방에 오고, 책방에서 주최하는 북토크나 시인의 낭독회에 혼자 참여하는 보기 드문 이였다. 그렇다고 친구가 없는 것도 아닌데 틈만 나면 제주에 와서 숨을 쉬고 가는 사람. 2, 30대의 나 역시 그러했다.

"지금 아니면 못할 거 같아서요."

서른다섯의 나 역시 그러했다. 물론 그는 나보다 빨리 자신이 무엇을 좋아하고, 어디에 있어야 행복한지 확실히 알아냈다. 나는 마흔 가까이 돼서 겨우 알았는데…… 벌써 그걸 알게 되다니, 부러웠다. 그런데 이어지는 그의 말에 덜컥 소름이 끼쳤다.

"사장님 덕분이에요."

"에에에?"

"정확히 말하면 '아베끄' 덕분이에요!"

'아베끄' 덕분에 사장님도 알게 되고, '아베끄' 덕분에 제주가 더 좋아지고, '아베끄' 덕분에 과외를 하게 되고, '아베끄' 덕분에 이런 결심을 하게 돼서 고맙다고 했다. 소오름! 정말 너무너무 무서운 말이었다. 내가! '아베끄'가! 누군가의 인생에 이런 큰 결정을 하게 만들다니. 이런 큰 코너링에 영향을 줘도 되는 걸까? 정말 이래도 되는 걸까? 마흔이 넘도록 내 코도 제대로 못 닦고 있는 주제에 남의 코를 닦아 줬다고? '아베끄' 덕분이라고 하는 그에게 나는 그래도 다시 한 번 잘 생각해 보라고(빠져나갈 구멍이 될) 조언했다. 어머니 아버지께 말씀은 드렸냐고 물었다. 스무 살 넘은 성인이 자기 앞길 결정했다는데 엄마 아빠한테 상의했냐니, 이 무슨 꼰대스러운 충고

책방 영업 종료 후
'오, 사랑'에서
바라본 '아베끄'

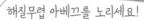

해질무렵 아베끄를 노리세요!

가 다 있담. 대학 때부터 엄마 아빠한테 상의라고는 1도 안 하고 지 멋대로 살고 있는 주제에.

그로부터 7개월 뒤 그는 제주에 내려왔다. 제주살이를 막 시작해 들떠 있는 그를 보니 다시 한 번 겁이 났다. 정말 괜찮은 걸까? 정말 누군가의 인생에 내가 이렇게 큰 영향을 줘도 되는 걸까? 그래서 제주에 내려와 처음 점심을 사주는 자리에서 잔소리인 듯 주의사항인 듯 겁주는 말들을 꽤 했다. 기저귀 갈아 주고 업어 키운 막내 사촌동생보다 더 어린 친구였지만 정신 연령은 나보다 높은 그는 나의 폭탄 주의사항에도 감동받은 눈빛을 하며 이렇게 말했다.

"이렇게까지 걱정해 주시는 분 실망시키지 않게, 잘해야겠다는 생각을 하게 되네요."

내가 아들을 낳아 키워도 이렇게 키우지 못하겠다 싶을 정도로 그는 참 반듯한 청년이었다. 역시, 남의 코 닦을 생각 말고 내 코나 닦아야해.

돌아오는 길에 생각해봤다. 내 인생에서 이렇게 방향 선택에 큰 영향을 줬던 사람이 누구였나. 나를 라디오 작가로 뽑아줬던 PD님? 시트콤에서 만나 드라마까지 같이 했던 선배 언니? 굵직하게 몇몇 사람이 떠올랐고, 잔가지처럼 또 몇몇 사람들도 떠올랐다. 그들은 내가 당신들을 내 인생의 영향력자로 생각하는 걸 알까? 아마도 알면 질색팔색하면서 발을 빼시겠지. 정말이지 너무나 부담스러운 영향력이다. 물론 그들은 말 그대로 '영향'을 줬을 뿐 모든 선택은 내가 했다. 나의 선택이었고, 나의 선택으로 인해 펼쳐진 결과도 온전히 내 몫이었다. 내가 라디오에 가지 않았다면, 내가 드라마를 하지 않았다면, 내가 제주에 내려오지 않았다면 등등의 가정에서 주어는 나였다. 결국 내가 선택한 것들이었다. 그는 역시나 나보다 현명하고 똑똑한 친구기 때문에 그것을 이미 알고 있는 것 같아 그날 이후 더 이상의 잔소리는 하지 않았다.

　　나는 제주에 내려오게 된 결정적 계기가 '아베끄'였

다고 말하는 그가 나중에 제주에 내려온 것을 원망하게 될까봐 부담스러웠던 것 같다. 반대로 제주에서의 1년이 그에게 더할 나위 없는 자양분이 되더라도 나에게 너무 고마워하지 않았으면 한다. 잘되는 일이 있다면 그것은 그의 능력이고 그의 노력일 테니까. (안 되어도 니 탓. 잘 되면 니 능력!)

최근 그의 SNS를 보면 내가 제주에 내려온 첫해 느꼈던 행복을 그도 만끽하고 있다는 걸 알 수 있다. 제주의 이곳저곳을 둘러보고, 육지 친구들의 방문을 즐기는 와중에도 자신의 일을 찾아가는 듯하다. 자신의 선택에 만족과 행복을 느끼는 것. 제주에서 보내는 1년이 그를 더 단단하게 해주리라는 것을 안다. 내가 그랬으니까. 그리고 자신의 선택과 앞으로 하게 될 선택에 있어서도 더 확신을 갖게 될 것이다.

방송을 하면서 많은 사람들을 만나야 했다. 방송 종사자이든 비방송인이든 방송을 목적으로 누군가를 만날 때는 언제나 긴장을 해야 했다. 소위 서로 간을 봐야 하니까. 내가 가진 패를 숨기고 상대방의 패를 확인하려 종종 기 싸움을 하는 경우도 있었다.

곰국이나 찌개도 아닌데 '간을 본다'는 표현이 비인간적이긴 하지만 이보다 더 적절한 표현도 없지 않나 싶다. 간 보기와 기 싸움이 마냥 나쁜 것은 아니다. 동호회 회원 모집이 아닌 일하려고 만난 사이에서 서로에 대한 검증은 필수니까. 회원 모집이 아닌 상대방이 나와 감이 맞는 사람인가, 저 사람의 능력치가 내 기대를 이뤄줄 만한가, 겉만 그럴싸한 빈 깡통은 아닐까 확인하는 스캔 과정은 필요하겠지.

문제는 불필요한 기선 제압이 들어올 때인데, '어라, 이거 지금 기 싸움하자는 거지?' 상대의 선제공격에 따른 긴장감 고조, 경계심 강화, 맞대응 강구…… 하아…… 생각만 해도 피곤하다, 피곤해.

물론 이렇게 인간애는 극감하고 혈중 피로도는 올라가는 감정노동의 전쟁터에서도 전우애를 나눈 이들 덕분에 오욕의 세월을 버틸 수 있었다. 갑을병정정정의 세월 속에서 수많은 휴대폰 요금과 충전 케이블을 제물로 바쳐가며 대리 쌍욕과 남 걱정으로 서로를 위로했던 전우들. 그들이 없었다면 나의 방송작가 경력은 지금의 반에 반도 채워지지 않았을 것이다.

전우애로 버텼지만 제주로 내려올 때 나는 방송에

신물이 날 대로 난 상태였다. 인간애 소멸 직전이었다. 사람이 징그러웠다. 개편 철에 이유 없이 작가가 교체되는 건 비일비재했고, 무례한 해고 통보 역시 굳은살이 꽤 박였다고 생각했다. 하지만 방송판은 막내 작가로 처음 해고 통보를 받았던 20여 년 전과 크게 달라진 게 없었다. 함께 프로그램을 만든 작가들에 대한 동료애나 예의를 기대하는 건 미친 짓이었다. 인간의 인성과 인격이 타인에게 어떤 영향을 주는지 확인하게 되는 시간들이었다. 인간 자체가 징그러웠다.

이쯤 되면, 중이 떠나야지 "잘 먹고 잘 살아라, 방송국 놈들아!"라고 땅땅 소리치고 나왔어야 아싸리한 **"전직"** 방송작가로 남을 수 있었을 텐데……. 어딜 가도 나에게 이 돈만큼 주는 곳이 없었다. 배운 게 도둑질이었으니까. 이러려고 내가 방송작가가 되었나, 왜 내가 방송아카데미 간다고 했을 때 아무도 말리지 않았나. 인간애 소멸에 자괴감이 추가되었다.

그렇게 먹고사는 문제와 인간 존엄 사이에서 갈팡질팡할 때 '아베끄'라는 나만의 동굴을 팠다. 셀프 착굴의 결정체인 '아베끄'가 인공호흡기로 연명 중이던 나의 인간애를 살려냈다면 너무 거창할까? 당시의 나에겐 '아베끄'에서 만난 손님들이 진부하지만 '힐링' 그 자체였다. 오픈 초 예쁜 내 새끼 우쭈쭈하듯 SNS에 매일같이 "이런 동화 같은 사람들이 나의 손님들이에요."라고 자랑을 해댔다.

동은 씨는 그런 '아베끄' 동화의 시작이 된 손님이었다. 오픈 전부터 야심차게 준비했던 '당신의 헌 책장'의 책 기증자와 '아베끄 사장님아'로 처음 인사를 나누었다. '당신의 헌 책장'은 바닷가 마을의 작은 책방에서 책장 한 칸을 내어드린다는 기획 의도로 시작한 중고 책 코너였다. 책을 좋아하는 이들은 언젠가 나도 책방지기가 되고 싶다는 로망을 품고 있다. 그런 작은 꿈을 품은 이들에게 '아베끄'는 책장 한 칸을 내어주고, 그들은 자신의 취향이 묻어나는 책들로 그 칸을 채워 놓는다. 칸 칸마다 책장의 주인이 누구인지 이름이나 닉네임을 붙인다. 판매 수익금은 동물보호단체나 필요한 곳에 기부한다.(기증받은 책의 수익금을 '아베끄'의 매출로 잡는 양아치는 아니올시다.) 그런 '당신의 헌 책장'에 자신의 책과 초등학교 고학년이 된 아들의 그림책을 이고지고서 가져온 사람이 동은 씨였다.

동은 씨를 '아베끄' 동화의 시작으로 기억하는 이유는 그녀와 당시 그녀의 4학년 아들이 책마다 남긴 메모 때문이었다.

 ㅡ내가 3학년 때 재밌게 읽었던 책이야. 너도 재밌게 읽어 주길 바라.

 ㅡ이 책은 내가 가장 좋아하는 책이야. 너도 좋아했으면 좋겠다.

 동은 씨 아드님(갑자기 아드님으로 부르고 싶어졌다)의 동화책과 메모, 스티커를 보자마자 "꺄아악!" 소리를 질렀다. 다음 책에도, 또 다음 책에도 메모와 스티커는 계속됐다. 이런 사랑스러운 어린이를 보았나. 책의 새로운 주인이 될 친구에게 남기는, 꾹꾹 눌러쓴 짧은 편지라니! 그리고 사랑스러운 편지마다 붙어 있는 캐릭터 스티커라니! 이 어린 헌책 기증자는 '당신의 헌 책장'에 진심이었다. 초등학생이 스티커, 그거 아무한테나 붙여 주지 않는다. '아베끄'가 초등학생의 스티커를 이렇게 받아도 되는 존재인가. 우리나라의 미래가 이렇게나 밝구나.' 입틀막 감동과 동시에 눈앞에 풍경 하나가 떠올랐다.

책으로 가득한 작은 방, 책장 앞에 앉아 있는 엄마와 아들. 엄마는 이제 막 사춘기에 들어선 아들에게 '당신의 헌 책장'의 취지에 대해 설명한다. 엄마의 말을 이해한 아들은 고심하면서 자신의 책을 한 권 한 권 살피며 고르기 시작한다.

"이 책도 가져갈까?"

"그 책 네가 좋아하는 거잖아?"

"좋아하긴 했는데 어릴 때 본 거여서 이제 안 볼 거 같아."

"그럼 그렇게 해. 이 책을 고른 이유를 니가 책 앞에 직접 써봐."

"스티커도 붙여도 돼?"

아들 옆에서 엄마도 자신의 책장을 살피며 한 권 한 권 책을 골라낸다. 엄마와 아들이 고른 책들이 한쪽에 쌓이기 시작하고, 책들마다 묻어 있는 추억을 함께 나눈다. 엄마는 아들에게 이 책이 정말 다른 친구에게 줘도 아깝지 않을까를 다시 한 번 확인했겠지. 그리고 최종적으로 고른 책에 스티커를 붙이고 짧은 편지를 눌러쓴다. 그렇게 엄마와 아들의 하루가 채워진다.

동은 씨는 이후에도 다독가답게 '당신의 헌 책장' 최다 기증자이자 '아베끄' 단골로 꾸준히 활동 중이다. 스티커와 손글씨로 '아베끄' 동화의 시작을 열어 주었던 초등학생은 이제 고등학생 형아가 되어 엄마 키를 훌쩍 넘었다고 한다. 아마도 한창 질풍노도의 중심부에서 엄마의 멘탈을 터는 탈곡기로 맹활약 중이지 않을까 싶다. 동은 씨가 아들 때문에 멘탈이 털릴 때마다 한때 동화의 시작이었을 만큼 스윗했던 아들의 모습을 떠올려야 할 텐데. 그래야 '아베끄'가 한 가정의 평화 지킴이가 될 텐데. 그렇게 돌고 도는 사랑과 평화가 '아베끄' 동화의 주제련가 하노라.

책방 문을 열고 들어오자마자 감탄하며 행복해하는 사람들. 토끼 인형 가방을 메고 아장아장 마당을 걸어 들어오는 아가 손님. 사장님아 생각나서 왔다며 맛있는 디저트를 들고 오는 단골들까지. 이런 사람들을 만나면서 어떻게 행복하지 않을 수 있겠나 싶게 나는 하루가 멀다 하고 SNS에 손님들을 향해 하트 뽕뽕을 마구 쏘아댔다. 손님바보 사장님아가 따로 없었다.

'아베끄'라는 동화에 취해 있던 어느 날, 문득 이런 생각이 들었다.

'그럼 '아베끄'에서 만난 사람들과 방송하면서 만난 사람들이 뭐가 다른 걸까? 나는 분명 방송국놈들 때문에 인간이 징글징글했었는데??'

시작점이 달랐다. 방송 업무로 만났던 사람들은 나를 '강 작가'로 불렀고 나 역시 그들을 '아무개 PD', '어쩌고 매니저', '저쩌고 대행사 담당자'로 불렀다. 친구라는 테두리 안에 들어오기 전까지 그 사람의 직업군과 직함이 곧 그 사람이었다. 그들과 나 사이에는 업무가 있었고, 나는 그 업무를 수행하고 작가료를 받고 있는 갑을병정정정정. 언제나 대체 가능한 소모품이었고, 소모품으로 수명이 끝나면 상대방에게 나라는 인간의 존재도 의미도 흐릿해져 버리는, 그런 관계였다. 나 스스로도 그들의 소모품이었음을 인정하고 살았다. 대체되는 소모품이 되지 않으려면 엄청난 에너지가 필요했다. 그랬데도 결국 난 언제고 대체가능한 소품이 되어버렸다.

'아베끄'에서 만난 사람들에게 나는 '사장님'이였다. 책방 주인 이름이 강수희든 강수지든 강 작가든 상관없

고맙고 사랑스러운 사람들이 채워준
'당신의 헌 책장'

었다. 그들에게 나는 단지 제주에서 작은 책방을 운영하는 사람일 뿐이었다. 간혹 이런 책방의 주인은 어떤 사람인가 개인적인 것들을 궁금해하는 사람들도 있었지만, 그 질문들 역시 '책방 주인'에 관한 호기심이었다. 방송판에서 사람을 만날 땐 복합적인 계산을 해야 했지만 책방에서 만난 사람들과는 심플했다. 책을 원하는 사람들과 책방 주인. 그러다 가끔 코드가 맞는 이들과는 방송판에서처럼 친구가 되기도 했다. 방송하며 만난 사람들과 책방에서 만난 사람들의 가장 큰 차이는 계산기였다. 그들을 만날 때 머릿속에 계산기가 켜지느냐 아니냐의 차이.

그다음은 거리 조절이었다. 안 그래도 머리 쓸 일 많은 사람들끼리 모여서 서로 간 보고 기선 제압하고 선제공격하면서 에너지와 감정을 소모하는 이유는 성공시켜야 할 방송이라는 큰 명제가 있었기 때문이다. 그 과정에서 유기적으로 얽혀 있는 인간들끼리 간혹 거리 조절과 힘 조절에 실패하면 서로에게 크고 작은 상처를 입히기도 했다. 하지만 '아베끄'에서는 얽혀 있는 유기적 조직도 없고, 프로젝트 실패에 따른 투자금 손실이나 이미지 폭락같이 쫄리는 일도 없다. 망해도 나 혼자 망하고, 책 많이 팔아서 매출이 늘어도 사장님아 혼자 어깨춤 추다 끝난다. 그래서 '아베끄' 손님들과는 거리 조절이 가능했던 게 아닐까 싶다. 책 사러 온 손님한테 다짜고짜 기 싸움을 걸 일이 없고, 손님 역시 책방 주인을 스캔해 가며 간 봐야 할 이유가 전혀 없으니까.

무엇보다 책방 손님들은 사장님에게 호감도가 높다. 그래서 열린 마음으로 다가온다. 자신이 하고 싶은 '제주 살기'와 '책방'을 둘 다 하고 있는 누군가에게 자신을 대입시켜 부럽다거나 응원한다고 말씀해 주시는 분들도 있다. 나 따위가 누군가의 버킷리스트라니. 내가 이런 말을 들을 만큼 잘 살고 있는 건 아닌데? 갸웃하면서도 기분이 썩 나쁘진 않다. 누군가에게 호감을 샀다는데, 누군가 나와 '아베끄'를 예뻐해 준다는데, 나쁠 이유가 없지, 땡큐지. 속 빈 강정이라 할지라도 오늘 하루도 누군가의 버킷리스트가 되어 아등바등 열심히 살아냈다.

생각을 정리하다 보니, 역시 '아베끄' 손님들…… 참 사랑스럽네. 그럼 이 사랑스러움의 정체는 뭘까? 아마도 '고마움'? 이 후미진 골목까지 애써 찾아와 준 사람들을 향한 고마움, 뚱해 보이는 사장님아에게 먼저 손 내밀고 단골이 되어준 사람들에 대한 고마움, 작은 마음으로 동화를 만들어 주는 수많은 고마움들.

'아베끄' 동화의 엔딩은 알 수 없다. 이 사랑스러운 동화의 주인공들이 항상 아베끄에 머물지 않아도 좋다. 다만 그들이 이 동화 속에서 이렇게 사랑스러운 결을 가지고 있었다는 것만은 꼭 기억되길 바란다.

제주 동서남북 책방 사장들이 모이면 생기는 일

　코로나로 1년을 허무하게 보낸 후 맞이한 새해였다. 금방 끝나겠지, 내년에는 마스크 벗을 수 있겠지, 작가님들 북토크랑 재밌는 클래스도 할 수 있겠지…… '있겠지, 있겠지' 하는 기대로 1년을 보내고 나니, 도대체 앞으로 책방에서 뭘 할 수 있을지 막막하기만 했다. 특히나 미세 나노(?) 책방의 주인이었던 나는 방역에 굉장히 보수적이었다. 때문에 1년 동안 제대로 된 오프라인 모임은 주최도 하지 않았고, 할 생각도 없었다. 안전하게 방역 수칙 지키면서 오프라인 모임을 하는 책방들도 있었지만, 나는 자신이 없었다. 만에 하나 '아베끄'에서 확진자가 발생해 TV와 인터넷에서 '제주 책방발 N차 감염' 어쩌고 하는 뉴스를 보게 될까봐 유난스럽고 히스테릭하게 방역에 임했다.

책방의 오프라인 모임은 얼굴 마주 보고 다과도 나누며 교류하는 자리이길 바라는데, 마스크 쓰고 서로 눈만 내보인 채 차 한 잔도 나누지 못하는 자리를 굳이 위험 감수하면서까지 만들고 싶진 않았다. 무엇보다 1인 영업장에서 사업주가 격리하면 소는 누가 키우나. 그렇지만 책방의 활성화를 위해서는 해야 할 것도 같고…… 좁은 안거리 워크룸에서 복작거리며 만나는 건 또 불안하고…… 다른 책방들은 다 하는데 나만 유난인가도 싶고…… 갈피를 못 잡고 있었다.

그런 와중에 매출의 활성화를 위해 시작한 게 '아베끄 먹거리 공구'였다. 그리고 다른 하나는 '제주 책방 동서남북 책 꾸러미'. 코로나 시대에도 제주의 작은 책방들은 이렇게 살아 있다는 걸 보여주고 싶었다.

코로나 2차 대유행, 3차 대유행······ 아니, 도대체 몇 차 대유행까지 갈 건데? '지긋지긋하다'는 말이 입에 붙은 채 새해 덕담 메시지를 주고받을 때였다. 지금은 문을 닫은 구제주의 작은 책방 '라이킷' 사장님을 중심으로 느슨하게 친목을 유지해 오던 몇몇 제주 책방 사장님들과도 단톡방에서 어색한 새해 인사를 나누었다. 그 단톡방은 종종 생존 신고와 근황, 안부를 전하고 서로에게 유용한 정보 등을 공유하는, 사무적인 듯 사교적인 듯, 정말 느슨한 온라인 친목 공간이었다. 제주에서 책방을 운영하는 비슷한 또래의 여자 사장님들끼리 '언제 밥이나 먹어요'로 시작된 단순 친목 모임. 밥이나 같이 먹자고 처음 모였던 4년 전 겨울, 우린 밤 12시가 넘어서야 겨우 헤어졌다. 비슷한 나이대의 여자들이 비슷한 시기에 제주에 내려와 책방을 하고 있다는 것만으로도 공감대는 너끈했다. 다음에는 1박을 하자는 인사를 나누며 헤어졌던 걸로 기억한다. 공교롭게도 그날의 멤버들이 책방을 하고 있는 곳이 제주의 하도리(동), 금능리(서), 위미리(남), 제주시(북)였다. 그래서 나는 그 단톡방의 이름을 '제주 책방 동서남북'으로 저장해 놓았었다.

그날로부터 2년 뒤, 우리는 코로나에 갇혀 헤매고 있었다. '제주 책방 동서남북' 사장님들 역시 다른 자영업자들과 마찬가지로 코로나 허들을 어떻게 넘어야 할지 어리둥절하고 있을 때, 힙한 오디오 소셜미디어가 나타났다. 초대장을 받아야만 들어갈 수 있는, 이름하야 '클럽하우스'. 뭔데 이렇게 난리들인가 싶어 들어가서 기웃거리고 있을 때, 위미리 책방 '라바북스' 사장님이 인스타그램에 올린 클럽하우스 가입 인증 샷을 보게 됐다.

–우리도 클럽하우스에서 뭐 해볼까요?

재미로 던진 댓글 하나에 일사천리로 일이 진행되면서 며칠 뒤 '제주 책방 동서남북' 사장님들과 함께 클럽하우스에 방을 하나 열었다. 방의 제목은 '제주에 살고, 책방을 합니다'. 우리끼리 단체 음성 채팅하는 거 아닐까? 그렇더라도 상관없었다. 우리끼리라도 재밌으면 되는 거지. 다행히 #제주 #책방 키워드에 끌려 사람들이 들어오기 시작했다. 두 시간 남짓 아무 말 대잔치를 하고 나서 방을 폭파했다. '제주'와 '책방'에 관심 있는 사람들이 우리가 생각하는 것보다 많다는 걸 확인했다. 평소 말이 많거나 앞에 나서서 분위기를 주도하는 성격들도 아닌 사장님들이어서 다들 어색하고 힘들어하기도 했지만, 방의 주인이 여섯 명이나 되니까 말하는 것에 부담도 분담되었다.

'제주 책방 동서남북' 멤버들과 클럽하우스를 했던 날 밤, 알 수 없는 기대감 같은 게 몽글거려서 웃으며 잠이 들었다. 다음 날까지 이 사람들과 무언가 도모하고 싶단 생각이 계속됐다. 사실, 꽤 오래전부터 하고 싶었던 기획이 하나 있었는데…… 제주 책방 사장님들과 각각 큐레이션한 책들을 한 꾸러미로 엮어 정기구독 프로그램을 만드는 것이었다.

먼저 '라이킷' 사장님에게 조심스레 운을 뗐다. 언제

나 나의 기획력과 추진력을 칭찬해 주었던 그녀는 좋은 거 같다며 단톡방에서 의견을 물어 보자고 했다. 그녀의 말에 힘입어 클럽하우스에서 뭉친 지 2주 만에 단톡방에서 꾸러미 얘기를 꺼냈다.

이 단톡방의 특징은 앞에서도 말했듯이 '느슨한' 친목'이었다. 피드백도 느슨히 오는 방. 하루 지나서 피드백이 왔다. '아베끄' 사장님의 제안에 대해 짧게라도 비대면 미팅을 하자고 하도리 책방 '언제라도' 사장님이 답을 주었다. 몇 번의 줌 회의와 최종 대면 회의를 통해 프로젝트명은 '제주 책방 동서남북 책 꾸러미'로 결정되었다.

놀랍게도 '제주 책방 동서남북' 사장님들은 각자 개성 넘치는 캐릭터만큼이나 주특기들을 가지고 있었다. '아베끄'는 돈 계산엔 젬병이지만 기획과 홍보엔 자신이 있었고, '라이킷'은 디자인과 주문 페이지 제작, '미래책방'은 디자인과 굿즈 제작, '라바북스'는 회계, '언제라도'는 마케팅과 영상 제작. 억지로 모으려고 해도 모으기

힘든 멤버 구성이었다. 첫 회의는 각자의 역할 배분과 홍보, 주문, 배송 일정 등을 정리하고 끝났다.

첫 회의 이후 정리된 스케줄대로 '봄 노트'가 제작되었다. '미래책방'에서 디자인한 노란 유채꽃 그림은 무지 노트와 스티커가 되었다. '언제라도'에서는 다섯 책방의 제주 위치가 박혀 있는 책갈피를 만들었다. 와! 우리 진짜 뭔가 하는 거 같네. 모두가 처음 해보는 시도였고, 레퍼런스가 될 만한 것도 없는 상황이다 보니 생각보다 결정해야 하는 자잘한 것들이 많았다. 여전히 느슨한 친목 모임답게, 많은 결정 사항들이 천천히 조심스럽게 정해졌다. 그리고 드디어 4월 1일부터 50세트 한정 수량 주문 창을 열었다.

'봄 꾸러미'의 수량을 정할 때, 나는 한창 '아베끄'에서 흑돼지 토마호크와 뿔소라를 공구로 완판시키고 있을 때였다. 물건 파는 것에 자신감이 붙은 나에게 50세트는 너무 적어 보였다. 다섯 책방이 모였는데 100세트는 해야 하는 거 아닌가 했는데…… 100세트로 밀어붙였다면 '여름 꾸러미'는 없을 뻔했다. '봄 꾸러미' 택배 작업을 하는 주문 마감날까지 완판이 되지 않아 어찌나 초조하던지. 택배 작업을 하는 과정까지 SNS 라이브를 해가며 쥐어짜듯 주문을 끌어냈다. 하지만 결국 49세트로 마감되었다.

지금 생각해보니 이 프로젝트의 목적이나 의미는 판매량도 마진도 아니었다. 우리가 마침표를 '**함께**' 찍었다는 거였다. 유채꽃이 지고 수국의 계절과 억새의 계절, 그리고 동백의 계절까지 제주의 사계절을 '제주 책방 동서남북 책 꾸러미'와 함께했다. '여름 꾸러미'부터는 기업 협찬까지 붙었다. 받는 사람들이 '제주'를 한아름 느낄 수 있게 매 계절 제철 파찌(비상품) 농산물을 구성에 넣었다. 기업 협찬이 붙었다는 건 이 프로젝트가 꽤 괜찮은 상품성을 가지고 있고, 업체들에게는 로컬 브랜딩의 좋은 예시로 어필하는 바가 있었기 때문이라고 생각된다.

봄, 여름, 가을, 겨울까지 '제주 책방 동서남북 책 꾸러미'는 우리 동서남북 사장님들한테 어떤 의미였을까. 책 꾸러미를 주문했던 분들에겐? 단순히 유채꽃 노트, 수국 노트, 억새 노트, 동백 노트를 모은다는 의미가 아닌, 동서남북 사장님들이 같은 주제로 각자 고른 네 권의 책을 매 계절마다 받아 본다는 것. 또 책을 만든 출판사들한테는 어떤 의미였을까.

경제원리로 봤을 때, 이 프로젝트는 마이너스인 기획이었다. 책 꾸러미 50세트를 다 판다고 해서 우리 통장에 거금이 들어오는 건 아니었으니까. 오히려 적자일 때도 있었다. 왔다갔다 교통비와 이래저래 회식비로 든 돈이 50세트를 다 팔아서 받은 돈보다 훨씬 많이 들었다. 그럼에도 다섯 책방 사장님들이 택배를 보내고 기념사진 촬영을 하며 박수를 치고 좋아했던 이유가 분명 있을 거라고 생각한다. 적어도 나는 그러했다. 매 계절마다 제주 동서남북에 흩어져 있는 책방 사장님들과 책 꾸러미를 핑계 삼아 만나는 것만으로도 나에겐 의미 있는 기획이었다. 설마…… 혼자만의 의미로 남은 건, 아니겠지?

　'여름 꾸러미'를 협재 우체국에서 모두 보내고, 리뷰들을 찾아보는 재미에 빠졌다. 책 꾸러미의 리뷰를 올린 이들의 결은 누가 봐도 책을 사랑하고 책방을 사랑하는 사람들의 그것이었다. 가장 기분 좋은 리뷰는 '가을 꾸러미도 기다려진다'라는 글이었다.

　이런 맛에 하는 거지! 누군가는 돈 안 되는 짓만 골라 한다고 할 수도 있다. 돈은 돈 되는 다른 일에서 벌려고 노력 중이다. 이렇게 재미있고 의미 있는 일을 '우리'가 했다는 것에 자뻑일지라도 높은 점수를 주고 싶다. 우리는 함께했고, 가만히 손 놓고 제자리에만 있지 않았다는 사실. 코로나가 한창이었던 2021년이 우리 모두에게 그렇게 기억되길.

덧붙이는 이야기

제주의 계절 공기를 한 꾸러미에 선보였던 '제주 책 방 동서남북'은 더 많은 협찬이 붙어서 책 네 권의 가격 만으로도 푸짐한 종합 선물 세트가 되길 바랐지만 역 사 속으로, 추억 속으로 안녕! 2021년 한정판이 된 것 이다. 다음 에디션을 기대하며……

제주 책방 동서남북 책 꾸러미
'한정' 에디션을 가지고 있는
당신은 행운아!

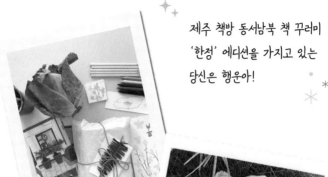

봄

봄

여름

가을

겨울

분노의 공지사항

　'아베끄'의 두 번째 여름 끝자락이었다. 해수욕장을 품은 마을답게 골목마다 수영복 차림의 남녀들과 허리춤에 튜브를 끼고 있는 아이들이 넘쳐났다. '아베끄'에서는 핫한 여름만큼이나 뜨거운 감자가 될 공지문이 발아 중이었다. 그날 저녁, 나는 비양도 뒤로 넘어가는 시뻘건 노을만큼 활활 불타오르며 분노의 타이핑을 하고 있었다. 사랑해 마지않는 저 어여쁜 여름 석양으로도 짜증이 좀처럼 가라앉지 않았다.

　그날도 여느 여름과 다름없이 아침부터 해수욕장

엔 명절 전 대중목욕탕처럼 해수욕객들이 바글거렸다. 그러나! 해수욕장엔 사람이 저리도 빽빽한데, 마을 안쪽 골목 틈에 숨어 있다시피 한 '아베끄'의 매출은 처참했다. 그날만의 상황은 아니었다. 책 한 권이 겨우 팔린 날도 있었다. 성수기인데? 성수기잖아? 성수기라니까! 제주도가 가라앉는 게 아닐까 걱정될 정도로 사람이 이렇게나 많은 나날 속에서 '아베끄'의 비루한 매출 장부는 사장의 무능력을 보여주는 것만 같았다. 그렇게 자괴감과 근심과 한숨이 차곡차곡 적립되고 있을 때! 책에는 관심 없고 책방을 사진 찍기 좋은 예쁜 카페 정도로 생각해 찰칵거리는 사람들이 울고 싶은 사람 뺨을 갈겨 주었다. 분노 버튼을 힘껏 눌러준 것이다.

마감 한 시간 전까지 연필 한 자루밖에 못 팔았는데, 사진만 찍고 가거나 화장실만 쓰고 가는 손님들이 이어졌다. (이런 사람들까지 손님이라고 해야 할지는 모르겠다) 마음을 비워야 한다, 비워야 한다, '아베끄'가 예뻐서 그런 거다, 제주에서 책방 하는 게 게 죄다, 저것도 '아베끄'를 좋아해 주는 방식인 거다, 저렇게 해서 SNS에 올리면 홍보가 되는 거다……라고 마음이 다스려질 만한 온갖 이유를 긁어모으고 있었다. 하지만 찰칵찰칵 소리와 함께 들어와 다른 손님이 있건 없건 자기들끼리 포즈 취해 가며 사진을 찍고선 나갈 때 예의 바르게 인사를 하는 사람도 있었다.

"잘 봤습니다!"

여기가 모델하우스냐? 신도시 미분양 아파트 구경하는 집이냐고! 뭘 잘 봤다는 건지 모르겠지만, 해맑게 인사하고 나가는 손님들 뒤통수에 굵은 소금을 뿌리고 싶은 심정이었다. 그날 저녁에 내가 하나로마트에서 굵은 소금을 사왔던가 안 사왔던가? 모태신앙이 아니었다면 편의점에서 당장 맛소금이라도 사와서 뿌리고 싶을 정도로 겨우 봉인해 뒀던 분노 버튼이 딸깍 눌리는 소리가 들렸다. 겨우 비워 놓은 마음에 화딱지가 가득 채워지고 있었다. (평소에도 화는 많다)

"그렇게 열 받으면 그냥 사진 찍지 말라고 말하면 되잖아?"라고 하는 사람도 있었다. 말이 쉽지. 책방 주인 입장에선 그게 참 애매한 일이다. 저 손님이 책을 살 수도 있는데, 사진 다 찍고 책 사려고 했는데, 사진 찍지 말라고 했다가 손님이 맘 상해서 그냥 가버리면? 이러지도 저러지도 못하고 속에서 부글거리기만 하는 실정이었다.

분노의 SNS를 올렸던 날이 바로 그런 날이었다. 마지막 손님까지 혹시라도 책을 살지도 모른다는 기대를 저버리고 사진만 찍다 나갔다. 마감을 하고서 여름내 마음을 다스리며 생각했던 것들을 최대한 분노의 감정을 정제해 가며(아니, 정제하려 애쓰며) 공지문을 써내려갔다. 다다다다 분노의 키보드질. 보고 또 보고 다듬고 또 다듬기. 그리고 다음 날 아침 오픈 피드로 올리기. 나름 하룻밤 숙성을 시킨 다음 올리는 자제력을 발휘했던 것인데, 아침에 일어나서 감정 체크 차원의 마지막 퇴고를 거쳐 피드를 올렸다.

유행어가 되어 버린 소확행.

참 자기중심적이고 차가운 말이 아닌가 싶습니다.

갓 구운 빵을 찢어 먹는 게

누군가에겐 작고 확실한 행복이겠지만

누군가에겐 간절함일 수도,

먹고사는 문제와 직결된 일일 수도 있지요.

함부로 행복의 크고 작음을 말하는 것에

우린 너무 자기중심적이네요.

'아베끄'는 관광지 마을에 있지만

'아베끄'가 관광지나 유원지는 아니에요.

엄연히 상업공간입니다.

문 열자마자 오셔서 기념사진만 찰칵찰칵 찍고 가는 곳이 아닙니다.

책 고르시는 손님들 사이에서 포즈 취하는 걸

저는 어떻게 이해해야 할까요.

두 시간 세 시간 앉아서 책 한 권을 다 읽고

"잘 봤습니다" 하고 가도 되는 북카페나

도서관도 아니고요.

다시 한 번 말씀드리지만

'아베끄'는 책을 '판매'하는 서점입니다.

유치뽕짝이지만

책 사시는 분들만 사진 찍을 수 있게 해야 할까요?

아예 사진 촬영을 금지해야 할까요?
야박하게 느끼실 수도 있겠지만
누군가의 소확행의 제물이 되기엔
사장님아 역시 먹고 살아야 하니 유치하고
쪼잔해질 수밖에요.
내년 성수기에는 아예 문을 닫고 여행을 가 있을까,
진지하게 고민 중입니다.
오픈 피드부터 불편한 얘기여서 죄송하지만
꼭 한 번은 하고 싶었어요.
1년에 한 번만 할게요.

♡ ○ ◁   ⊓

좋아요 87개
bookstay_avec #아베끄

자신이 자영업자가 될지 몰랐던 과거의 나는 '만약에 내가 가게를 하게 되면 SNS에 손님 뒷담화는 올리지 말아야지'라고 생각했다. '아베끄' 덕분에 팔자에 있을 줄 몰랐던 자영업자가 되었을 때, 다시 한 번 다짐했던 내용이기도 하다. SNS를 분노 처리 도구나 개인 대나무 숲으로 쓰지 않겠다는 다짐. 손님들 때문에 화가 날 때

그런 다짐은 매우, 자주, 아주 심하게 흔들렸다.

진상 손님 저격 글이 팩트든 가게 주인의 일방적 하
소연이든 SNS에 앓는 소리를 올리면 많은 팔로워들은
댓글로 같이 욕해 주거나 응원, 위로 등을 해준다. 그 댓
글이 목마른 상태에서 마시는 바닷물이라고 생각했다.
당장은 위로가 될지 모르겠지만 결국 나에게 돌아올지
도 모르는, 내가 나에게 쏘는 독화살. 내 편이라 생각되
는 사람들의 댓글에 취하면 비슷한 일이 있을 때마다
쪼르르 달려가서 이르고, 위로받고 싶어질 테니까. 그
따뜻한 위로와 응원에 취하지 말자 생각했다. 잠재적 고
객에겐 손님 뒷담화가 습관인 부정적인 가게로 각인될
수 있어 진상을 비롯한 하소연 피드는 1년에 한 번, 최대
두 번 이상 올리지 말자 다짐했었다. 정말 이건 아니다
싶을 만큼 화가 나서 쉬이 가라앉지 않으면 메모장에
써놓고 며칠 뒤에 다시 읽어 본다. 그래도 이건 올려야
겠다 싶으면 문장과 단어를 다듬고 다듬어서 올리겠노

라 생각했다.

　그날은 그렇게 다스리며 참던 다짐조차 분노 버튼이 눌리며 터져 나온 날이었다.

　역시나 많은 분들이 '좋아요'를 누르고 위로와 응원의 댓글을 달아 주셨다. 그런데 댓글들을 보는 마음이 불편했다. 속상해하는 일개 책방 주인을 위해 같이 화내 주고, 달래 주는 분들이 고맙긴 했지만, 혹시 이 피드를 보고 '아, 이 책방 주인 까칠하네. 여기 주인은 손님 저격 글 올리는 책방이네'라고 생각하는 사람이 있을지도 모른다는 생각에. 하루 묵히고 다시 다듬어서 올린 글이었는데도 찜찜했다. SNS에 내지르고 나면 속 시원할 거 같았는데 뒤통수가 영 시원치 않았다. 머릿결 좋게 하려고 컨디셔너를 떡칠하듯 발랐는데 제대로 헹구지 않아 머리카락과 두피만 떡이 진 거 같은 기분. 그 떡진 머리를 내 손바닥으로 만지고 있는 이 꿀꿀한 기분. 부당하고 불합리한 상황이어서 화를 냈다 할지라도, 결국 그 상황을 기억하는 사람들에겐 내가 왜 화냈는지보다 화낸 사람으로만 기억될 테니까.

'아, 이 찝찝한 기분…… 어쩌면 좋지?'

해답을 분노의 피드에 달린 댓글에서 찾았다. '아베끄' 팔로워들답게 단순한 위로와 응원만 해주지 않았다. 사장님아를 강하게 키워 주고 있는 분들인 만큼 대안을 제시해 주고 아이디어를 얹어주었다.

－자신의 행복이 중요한 만큼 남의 행복도 배려해야 할 때는 해야죠. 한 번 말고 계속, 안내 문구도 붙여두세요. 생각보다 무엇이 잘못인지 모르는 사람들이 많더라구요. 가르쳐주고 알려준 뒤에도 지켜지지 않음 또 다른 방법을 찾아봐야죠. 힘내요, 동원 누나. (@hislovelym)

－늘 사장님아 글이랑 사진만 보다가 꼭 같은 마음인 것 같아 지지하고 싶어서 댓글해요. 말하면 치사한 것 같아 말하긴 어렵고, 그렇다면 저편에서 지켜주어야 하는데 그게 되지 않으니 치사스러워 보여도 알려주는 것이 오히려 건강한 방법 같아요. (@by__rena)

탁! 댓글들을 보고 손이 야무진 친구에게 딱밤을 맞은 듯했다. 정신이 번쩍 들었다.

'아, 그래! 안내 문구!'

맞아. 생각보다 사람들이 모르는 걸 수도 있었다. 내가 안내를 제대로 한 적이 없었으니까. 이런 작은 동네 책방 내지 독립 책방이 생겨난 지 얼마 되지 않았고, 대형 서점에 익숙한 사람들은 충분히 모를 수 있다는 걸 간과하고 있었다. 세상에나 네상에나! 제대로 된 안내 한번 하지도 않았으면서 알아서 잘해 주길 바랐다니. 자기가 생각하는 것만큼 잘해 주지 않는다고 혼자 부글부글하고 있었다니.

그렇게 여름을 보내고 겨울 성수기가 오기 전, '아베끄'에는 최초의 안내문이 붙었다. 글씨 크기 18포인트에 궁서체인 안내문은 '아베끄' 나무문에 하나, 책방 안에도 하나 붙여졌다. 그리고 SNS에도 하나.

"사진 찍어도 되나요?"
"책 구입 후에 가능합니다!!"

귀찮아서 연애도 안 하는 사장님아가
규칙을 만들었습니다.

'아베끄' 내 사진 촬영은 책 구매 후 가능!!

이런 규칙을 만들게 된 과정은…… 휴우~
구구절절 말씀드리지 않을게요.
치사하고 야박하다고 생각하셔도 어쩔 수 없어요.
사장님아는 누군가의 인스타 업데이트를 위해
영업을 하고 있는 것이 아닙니다요.
일단 제가 먹고살고 볼 일입니다.

(궁서체다!)

♡ ○ ◁   •   ⊓

좋아요 382개
bookstay_avec 궁서체+글씨크기 18의 공지사항.
내일부터 걸어놓을 아베끄 최초의 규칙안내문입니다.

이 공지를 보고 웃는 사람도 있고, 여전히 불쾌해하는 사람도 있다. 여행자의 기분을 망쳤다고 하는 사람도 있었고, 예상대로 사진 한 장 가지고 치사하게 군다고 생각하는 사람도 있었다. 치사한 게 맞다. 나는 속이 좁은 자영업자니까. 먹고사는 문제 앞에선 대부분이 치사해지는거니까. 이 공간은 여행자를 위한 공간도, 개인 사진 촬영 스튜디오도 아니다. 이 공간으로 나와 두 마리 강아지가 먹고 살아야 하는 생활 터전이다. 나는 책방 운영자일 뿐 여행자의 기분을 맞춰야 하는 여행사 직원도 아니고, 관광지 문화해설사는 더더욱 아니다. 다시 한 번 강조하지만 '아베끄'는 관광지가 아니다.

안내문을 써서 붙일 때 마음도 단단해졌던 걸까? 손님들이 글을 보고 뭐라고 생각할지에 대해서는 신경쓰이지 않았다. 그건 내가 컨트롤할 영역이 아니었으니까. 적어도 이 가게의 주인으로서 가게의 규칙 안내는 해야 한다는 것까지가 나의 영역이었다. 이제야 조금은 진정

한 자영업자가 되어 가는 기분이 들었다. 무엇보다 수월해진 것은 안내문을 보지 못하고 (혹은 봤어도 모르는 척하고) 들어오자마자 사진을 찍는 분들에게 웃으면서 말할 수 있게 됐다는 것이다.

"죄송하지만 사진 촬영은 책 구매 후에 해주세요."

덧붙이는 이야기

'아베끄' 첫 번째 규칙 안내문이 붙은 날로부터 2년이 훌쩍 지났다. 금능은 드라마 촬영지로, 각종 예능에 등장해 핫플레이스로 급부상했고, 화장실만 쓰고 가는 사람이 많아졌다. 공중화장실도 아니고 말이야. 책은 한 권밖에 못 팔았는데 다섯 팀이 연속으로 마당 화장실을 쓰고 간 날 저녁, 나는 막힌 화장실 변기를 뚫으며 두 번째 공지 사항을 써야 하나, 화장실에 열쇠를 달아야 하나 고민하다가 결국 자물쇠를 달았다. 치사하게 화장실에 자물쇠라니! 하지만 화장실 자물쇠로 제일 불편해진 사람은 나였다. 화장실이 급해 달려갔는데 열쇠가 없어

입으로 식빵을 구우면서 다시 열쇠를 가지러 가기 일쑤였다. 결국 자물쇠를 달았어도 잠그지는 않은 채로 화장실을 쓰고 있다. 자물쇠는 폼이 되었지만, 확실히 달라진 건 내 마음이었다. 언제든 화장실만 쓰고 가는 사람이 있다면 화장실 문을 잠가버릴 테다! 나도 얼마든지 화장실 문을 잠글 수 있다고! 이렇게 마음먹으니 마음이 너그러워졌다.

동네 책방 이용자 여러분! 제가 이런 말까지 해야 하나 싶지만, 꼭 한 번만 할게요. 동네 책방은요…… 인생샷 포토존도 아니고, 공중화장실도 아니고, 인근 카페의 웨이팅 장소도 아니에요. 사진 찍고 대소변 보실 거면 연필 한 자루, 책 한 권이라도 사주세요. 휴지값은 벌어야 되잖아요. 그래도 남는 건 몇천 원이에요. 쫌!

쪽잡*한 책방에서
예약을 외치다

　어릴 때 제주에서 잠깐 산 적이 있다. 국민학교(이렇게 나이 인증)에 들어가기 전이었다. 제주로 발령받은 아빠를 따라 온 식구가 내려왔었다.

　남동생은 네 살부터 여섯 살, 나는 다섯 살부터 일곱 살까지, 유아 지능 발달 차원에서 보면 언어 습득 능력이 높다고 하는 시기를 제주에서 보낸 것인데 조기 교육 하이라이트 시기에 우리 남매는 제주 사투리 원어민 교육을 받은 것이다. 2년 뒤 서울로 올라와 나는 국민학

* 쪽잡하다 : '좁다'의 제주 방언

생이 되었고, 동생은 유치원생이 되었다. 제주 사투리를 쓰는 서울 국딩과 서울 유딩. 외갓집에 가서도 자연스럽게 제주 사투리를 써서 이모와 외삼촌들을 까르르 웃게 만들었다.

하지만 언어라는 건 쓰지 않으면 잊히는 것. 우리는 서서히 제주 사투리를 겨우 알아듣기만 하는 영락없는 육지 것이 되어 버렸다. 성인이 되어 다시 제주에 왔을 때는 제주 사람들도 사투리의 강도(?)가 약해져 있었다. 제주 할머니, 할아버지가 쓰는 사투리는 여전히 알아듣기 어렵지만, 젊은 제주 토박이들의 사투리는 많이 표준화되었다. 심지어 육지 사람들과 대화할 때는 감쪽같이 표준어를 쓰는 제주 토박이들도 있다. 사투리와 표준어를 자유자재로 구사하는 분들을 보면 신기할 정도다. 최근에 제주어가 재조명받는 움직임이 있긴 하지만 예전만큼 제주 사투리를 들을 일이 없다는 건 조금 아쉽기도 하다.

책방에 사람이 가득하면 나도 모르게 머릿속에 말 풍선 자막처럼 떠오르는 "제주어"가 있다.

쪽. 잡. 하. 다!

'비좁다'는 뜻의 제주 사투리인데 다시 제주에 내려왔을 때 이 말을 쓰는 걸 듣지 못했다. 쪽잡하다는 말을 들을 상황이 없었던 건지, 혹은 이 말이 어른들은 잘 안 쓰는 아이들의 어휘였던 건지 궁금했다. 그래서 동네 언니에게 물어보았다.

"쪽잡하다는 말, 요즘에는 안 써요? 저 어릴 때 많이 썼는데."

"쓰지. 이렇게 좁은 데 끼어 앉아 있을 때 쓰지."

아, 쓰는구나! 유년의 추억 속에 박힌 제주 사투리 하나가 아직 살아 있구나 다행이란 생각이 들었다. 다른 제주 사투리는 거의 잊어버렸는데, 왜 이 '쪽잡하다'는 기억하는 걸까. 된소리의 강렬함 때문일 수도 있지만, 사촌 오빠들과 고모부의 트럭을 타고 귤밭에 가며 엉덩이 싸움할 때 썼던, 몸으로 배운 언어여서가 아닐까 싶다.

　　그리고 나는 이 섬에서 쪽잡한 책방을 하고 있다. 6평 남짓한 이 쪽잡한 공간 안에 아주 가끔 손님들이 그득한 날이 있다. 두서너 팀만 들어와도 책방은 쪽잡해진다. 원래 쪽잡했는데 정말 더 쪽잡해진다. 카운터 쪽에서 창문이 안 보일 정도로 손님들이 빽빽하게 들어차면 내 머릿속도 쪽잡해진다.

　　이런 날이 1년에 한두 번 있을까 말까였는데 하지만 코로나 2년 차가 되면서는 아찔할 정도로 그런 날이 많아지고 있었다. 대책이 필요했다. 코로나로 전국의 자영업자들이 피똥을 싸고 있을 때였기에 이런 말이 배부른 소리일 수도 있겠으나, 제주는 코로나 특수를 누리는 전국에서 몇 안 되는 지역이었다. 해외로 나가지 못하는 사람들에게 제주는 여행 욕구를 충족시켜 줄 최고의 대체 여행지였다. 코로나 초반에는 환불해 주느라 바빴던 펜션 사장님들도 사전 예약 문의를 받느라 귀에 딱지가 앉을 지경이 되었다. (물론 코로나 특수 지역인 제주에서도 타격을 입은 분들이 많이 계시다) '아베끄'는 그런 특수 지역 중에서도 해수욕장 마을에 위치한 책방이었다. 살다 살다 이런 특수를 누릴 줄이야. 그런데 이 특수 효과가 덜컥 겁이 날 정도로 '아베끄'는 쪽잡한 책방이었다.

제주의 코로나 특수로 책방의 매출이 늘어날 거란 기대보다 거리두기 실패로 감염자가 나오면 어쩌나 조마조마했다. '아베끄발 N차 감염'이라는 뉴스가 온갖 매체에 도배되는 아찔한 상황이 펼쳐질까 공포스러웠다. 그 공포가 내놓은 대책은 예약제였다. 나는 '아베끄'를 가지고 예약제라는 실험을 해보기로 했다.

처음 예약제는 30분 단위로 한 팀씩 전화, 문자, SNS 메시지로 예약을 받았다. 예약의 번거로움이 있지만 무료 예약이었다. 하지만 무료 예약제는 두 가지 맹점이 있었다. 노쇼와 비구매. 30분 간격으로 한 팀씩 받다 보니, 말도 없이 안 오는 사람이나 직전에 취소하는 사람 때문에 다른 손님을 받지 못하는 경우가 생겼다. 번거롭

게 예약해 놓고 5분 구경하고 아무것도 사 가지 않는 분들이 꽤 있었다. '아베끄' 입장에서는 이 모두가 30분의 기회비용을 날려야 하는 안타까운 상황들이었다. 예약 방문자는 꽤 됐지만 매출은 책 한 권인 날도 있었다. 이게 과연 누구 좋으라고 하는 예약제인가.

코로나 4차 대유행 조짐이 스멀스멀 올라오기 시작하던 2021년 7월. 더 이상 무료 예약제를 하느니 차라리 문을 닫는 게 낫겠다는 생각에 유료 예약제를 선택했다. 말 그대로 선택이었다. 이런저런 고민 끝에 나름 합리적인 이용 요금인 만 원을 예약금이자 이용료로 선택했다. 시행 첫 주는 '1시간 1팀(최대 4인) 유료 예약으로 '아베끄'를 오롯이 누려 주세요!'라는 공지가 무색하게 손님이 없었다. 아베끄 유료 예약제에 대해서 팩트 폭격기인 친구는 이런 말로 나에게 겁을 주었다.

"'아베끄'는 비호감의 길을 걷기로 한 거야? 거길 누가 가겠어? 나 같아도 안 갈 거 같은데. 책방을 누가 만 원이나 주고 가? 갤러리도 아니잖아?"

무료 예약제의 보완책이었고 나도 먹고살기 위한 강구책이자 실험이었는데, 친구의 날카로운 지적에 맘이 상했다.

"실험을 하는 거야. '아베끄'가 쭉 이렇게 하겠다는 게 아니잖아. 어떤 방법이 좋을지 찾는 거라고. 난 '아베끄'를 위험에 빠뜨리고 싶지 않고, 한 시간에 한 팀밖에 받지 않는데, 그 한 팀이 책을 안 사면, 나는 책을 살지도 모르는 다른 손님을 받지 않았는데, 한 권도 못 팔고 시간만 날리게 되는 거잖아. 책을 사든 안 사든, 사진을 찍든 말든, 한 시간 동안 마당이고, 책방이고 모든 걸 이용하는 것에 대한 이용료를 받겠다는 거야. 예약해 놓고 말도 없이 안 오는 노쇼 손님들 때문에 열 받을 필요도 없어. 일단 한번 해볼 거고, 성공하면 좋은 거고 실패하면 다시 개선책을 찾아봐야지."

부연 설명에도 책방의 유료 예약제 개념을 받아들이기 어려웠던 친구는 자신처럼 유료 예약제를 안 좋게 보는 사람이 분명 있을 거라고 걱정했다. 친구의 말도 일리가 있었다. 생각 없이 날 상처주기 위해 던진 말이 아니라는 건 알지만 몇날 며칠 고민했던 선택이 비호감이 될 수 있다는 말을 듣자 속상했다. 그날 밤 한숨만 쉬다가 잠들었다.

'아베끄'는 어디로 가는가. 내 선택이 과연 옳은 선택이었나. 정말 비호감이 되는 걸까.'

친구의 염려대로 유료 예약제 이후에 진지한 리뷰 하나가 달렸다.

← 댓글

 어제 가보니 코로나 시국이 심상치 않다는 명목으로 ♡
사전 유료 예약으로 바뀌었어요.
책 사러 가는 작은 서점에 사전 예약이 왜 필요한가요?
그것도 유료로? 감성 값인가요?
다른 제주 독립 서점에 비해 뭐가 그리 특별한 건지,
사장님이 잘 생각해 보셨으면 좋겠어요.

예약제에 반응이 슬슬 좋아지고 있을 때였다. 맛없는 거 알지만 안 먹으면 죽는다고 해서 큰맘 먹고 삼켰는데 목구멍에 콱 걸린 기분이었다. 많이 생각해보고 선택한 건데…… 감성 값은 아닌데…… 다른 제주 서점에 비해 정말 특별한 건 없긴 하지…… 근데 나도 먹고 살려고 한 건데…… 쪽잡해서 사람들 몰리는 거 위험해서 그런 건데…… 예약제를 계속할 것도 아닌데…… 공허한 변명을 혼자 중얼거렸다.

반대로 유료 예약제에 만족도 높은 사람들도 나타났다. 특히 미취학 아동들과 엄마들에게 인기가 있었다. 누가 맘 카페에라도 올렸나 싶을 정도로 아이를 동반한 손님들이 늘어났다. 그뿐만 아니라 커플들, 가족들, 친구들, 혹은 계하에서 만나 4인으로 맞춰서 온 손님들도 생겨났다. 어딜 가나 사람들로 넘쳐나는 제주에서 모르는 사람들과 부대끼지 않을 곳을 찾아온 분들이었다. 아이에게 소리 내어 그림책을 읽어 주고, 옆 테이블과 다른 손님들 눈치 보지 않고, 또 눈치 받지 않으면서 엄마 아빠와 아이가 떠들 수 있었다. 가족 여행 온 손님들과 커플 손님들 역시 마찬가지였다. 딸과 여행 와서 다음 가족 여행 땐 아빠랑도 또 오자고 하는 엄마도 있었다. 나의 아베끄가 이 순간 떠오르는 사람과 다시 오고 싶은 좋은 곳이라니! 심지어 예약이라는 번거로운 과정과 만 원이라는 거금을 내고서 왔는데도 말이다. 그들은 한 시간을 오롯이 책에 집중하고 사우나를 한 듯 개운한 얼굴로 대문을 나섰다. 간혹 한 시간이 너무 짧아 다음 타임을 이어서 예약한 분도 계셨다. 단기간에 가장 많은 리뷰와 별점이 달렸다. 4년 동안 달린 리뷰보다 유료 예약제 기간 동안 달린 리뷰가 더 많았다.

나는 나대로 내 일에 더 집중할 수 있었다. 예약이 있으면 있는 대로, 없으면 없는 대로 시간 활용이 가능했다. 예약 손님이 있는 시간대에는 손님을 맞이하고 편하게 책방을 이용하실 수 있게 안내한 뒤 안거리에 들어와 밀린 집안일을 하기도 했다. 예약 손님이 없는 시간대에는 간단한 관공서 업무나 우체국 업무도 보고 올 수 있었다.

행복한 그림을 자주 목격할 수 있었던 게 유료 예약제의 가장 큰 매력이었다. 카운터 뒤에서 문득 고개를 돌리면 내 앞에 행복한 그림들이 펼쳐졌다. 이지은 작가의 그림책『팥빙수의 전설』에서 백호랑이가 팥빙수가 되는 장면을 엄마에게 계속해서 읽어달라고 해놓고 열이면 열 같은 장면에서 까르르거리는 꼬마, 구연동화 선수인가 싶은 성대모사의 달인이었던 아이 아빠, 각자 고른 책에서 맘에 드는 부분을 서로에게 읽어주는 오래된 친구들, 책방의 강아지들과 노느라 엄마에게 독서의 여유를 선물한 꼬꼬마 형제들까지. 사랑스럽고 만족스러운 한 시간을 채우고 돌아가는 그들을 볼 때, 나에겐 감사함과 행복이 채워졌다.

한편으로 마음속에는 예약제인지 모르고 왔다가, 혹은 유료 예약제라는 말에 마음이 상해서 돌아간 사람들이 계속 걸려 있었다. SNS에 설문을 던져 보았다.

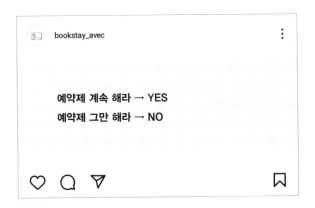

결과는 거의 2 대 1이었다. 예약제를 원하는 사람이
예약제를 안 했으면 하는 사람의 딱 두 배. 설문의 결과
대로라면 나는 유료 예약제를 계속했어야 한다. 하지만
'아베끄' 유료 방문 예약제는 두 달 반 만에 마무리됐다.
물론 코로나가 또 심각해지면 전 시간대 유료 예약제로
운영될지도 모르겠다.

모두의 친구가 누구의 친구가 아니듯 모두의 책방

개운한 표정으로 책방을 나서던 예약 손님들은 아셨을까?
사장님아의 고뇌를;;;

이 누구의 책방도 아니게 되는 건 내가 원하는 바가 아니다. 가능하면 많은 이들이 '아베끄'를 좋아해 주고 찾아 주면 더할 나위 없이 좋겠다. (특히 그 사람들이 다 책을 사준다면 더더더욱 좋겠고) 하지만 그 모두를 얻을 수 없다면 한 사람이라도 얻자는 게 나의 생각이다. 난 모두에게 사랑받는 사람보다 적도 있고 친구도 있는 이들을 좋아한다. 나 역시 굉장히 그러한 인간이다. 그래서 더 많은, 아니 모든 사람들이 '아베끄'를 좋아하게 만드는 방법보다 '아베끄'를 좋아하는 이들을 위해 고민하기로 선택한 것이다.

하지만 나의 선택으로 다른 누군가가 상처받을 수도 있다. 그 상처가 도덕적, 법률적으로 문제없고, 인명사고가 나는 게 아니라면, 나는 나의 선택을 믿고 밀고 나가는 수밖에, 방법이 없다.

방송 밥 먹은 지 18년 차였고 아베끄와 방송을 병행한 지 3년째 되던 해, 방송국놈들한테 또(?) 뒤통수를 맞았다. 이번엔 좀 쎄게 맞았다. 밥상을 엎어 버리는 주정뱅이 심정으로 냅다 들어엎⋯⋯지는 않고, 지성인답게 밥상을 살짝 들었다 내려놓는 수준에서 마무리 지었다. 지랄 맞은 방송일이라 할지라도 어쨌든 고정 수입이 줄어들게 되었고, 그 상황에도 나의 품엔 두 마리의 반려견들이 있었다. 머지않아 지난겨울처럼 발 동동거리며 돈 빌릴 만한 사람들 리스트를 뽑게 되는 건 아닐까 무서웠다.

다행히 한 달여 만에 작은 아르바이트 일거리가 들어왔다. 나는 굶어도 동원이와 부자는 굶기지 않을 수 있었다. 프로그램 하나가 정리되고 나니 목 늘어난 난닝구 고무줄 같은 정신줄이 팽팽히 조여지는 기분이었다. 지난겨울이 어지간히 춥긴 추웠나 보다.

결국 이번에도 그렇게 지긋지긋해하는 방송으로 밥벌이를 하게 되었다. 생계와 애증 사이에서 꾸역꾸역 집어삼키는 방송 밥의 뻑뻑함이란. 목구멍과 입천장이 까질 것 같은 된밥이지만 어쨌든 꾸역꾸역 씹어 삼켜야 죽지 않고 살 수 있는 이 아이러니. 라디오 작가가 되겠다고 방송작가 아카데미를 내 발로 찾아갔던 스물세 살의 나에게 감사해야 할지, 애당초 거길 왜 기어들어갔냐고 등짝 스매싱을 날려야 할지 헛웃음이 나왔다. 헛웃음을 거두고 마른걸레 짜듯 서둘러 아이디어를 뽑아야 했다. 또다시 '텅'장의 압박과 내 인생에 쪽팔리지 않으려면.

마음을 그렇게 먹긴 했지만 직립보행보다 침대에 등 붙이기를 좋아하는 세상 게으른 나란 인간. 마른걸레라도 짜내야 하는 이 상황에도 누워서 인스타그램을 하고 있는 베짱이가 바로 나야 나. 현생에서 받은 스트레스를 SNS 세상에서 달래고 싶었다고 핑계를 대본다. 성적표 나오는 날, 죽상을 하고 집에 와 12시간씩 자던 소녀는 25여 년 후에 행복과 자랑이 넘치는 SNS에서 현실 도피성 위로와 자괴감을 동시에 받는다. 그런데 성적표를 받아 들고 한숨 푹 자고 나면 머리가 개운해져서 다시 공부할 맘이 들었던 25여 년 전 처럼(그랬다고 치고) 숨통을 조여 오는 텅장을 앞에 두고 습관처럼 열어 보았던 SNS에서 나는 작은 숨구멍을 찾아냈다. 이름하여 나를 먹여 살리려 온 나의 구원육 흑돼지 토마호크, 일명 돈마호크.

우연히 SNS에서 흑돼지 토마호크 광고를 보았다. 태초에 신은 나에게 맛있는 고기 알아보는 눈과 입을 주셨고, PT 트레이너나 필라테스 강사들도 탐내는 양질의 근육 양까지 함께 주셨다. 흑돼지 토마호크의 비주얼에 반한 나는 망설임 없이 주문을 했고, 통장이 넉넉할 때 사두었던 대용량 에어프라이어에 그럴싸하게 돈마호크 요리를 해 알바 언니와 나눠 먹었다.

아베그 매출만으로 어떻게 먹고 살아야 할지 막막할 때였는데도 '어떻게든 되겠지, 고기 먹고 생각해보자. 고기 먹고 나면 뇌에 기름칠이 되겠지.'라는 생각이었는데…… 유레카!! 제주 돼지고기에 입이 길들여져, 돼지고기 입 높이가 높아졌음에도 감탄사와 어깨춤이 절로 나오는 맛이었다. 맛있는 건 나눠 먹어야 한다고 배운 여자답게 나는 지인들을 불러 먹고 또 먹었다. 고기 좀 먹는다는 지인들에게 먹여본 결과! 나는 흑돼지 토마호크 도매 사장님과 딜을 하고 있었다.

"사장님! 이거…… 혹시, 공구 하시나요?"

사장님은 10세트 정도나 팔면 다행이겠거니 하는 눈빛으로 나를 귀엽게 바라보며 공구 요청을 받으셨다. 문제는 아베끄가 책방이라는 것이었다. 고기를 팔고 싶어하는 사장님아를 보며 알바 언니 역시 걱정을 얹어 주었다.

"맛있긴 한데⋯⋯ 이런 거 팔면 아베끄 이미지가 망가지는 거 아녜요?"

아⋯⋯ 아베끄 이미지란 무엇인가? 아베끄가 엄청 고급스럽거나 고상한 이미지는 아닌데, 어차피 사장님아가 싼마이여서 사람들도 그런 걸 기대하는 건 아닐 텐데. 아, 이 고기 정말 팔고 싶은데. 사람들도 엄청 좋아할 거 같은데. 근데 뭐라고 하고 고기를 팔지? 아, 책방에서 고기 팔면 정말 그렇게 이상한가?

나의 원천기술을 투입해야 하는 타이밍! 전혀 관계 없어 보이는 A와 B를 엎어 치고 메치고, 둘러치고 휘몰아쳐서 엄청 관계있는 것처럼 포장하기! 배운 도둑질 스토리텔링을 써먹을 때였다. 그렇다면 흑돼지고기와 책방을 한줄기로 엮을 포장지는 무엇인가? 바로 그때, 그 포장지의 메인 카피 문구가 떠올랐다.

가장 개인적인 것이 가장 창의적인 것이다.

2020년 2월, 대한민국을 전율케 한 아카데미 시상식에서 봉준호 감독의 수상소감이었다. 마틴 스콜세지 감독이 했던 말을 인용한 수상소감이었다. 책방에서 돼지고기를 팔아야 하는 순간에 봉준호 감독의 수상소감을 떠올리다니!! (칭찬해. 나님!) 드디어 알바 언니의 도움으로 주문 페이지를 만들었다. 메인 카피는!

가장 제주스러운 것이 가장 아베끄스러운 것이다!!

진심이었다. 아베끄는 제주에 있고 아베끄에서 제주 것을 파는 것. 아베끄에게는 일상이지만 아베끄가 특별한 이유. 아베끄의 기획의도이자 방향성이고 정체성이었다. 대명제를 잡은 후, 구구절절한 속내를 드러냈다.

"구구절절하지만 고기 팔아서 아베끄 책장 채울 책 사려구요. 그래야 또 고기 사 먹을 돈 벌죠."

역시 진심이었다. 고기 팔아 책방에 책 사고, 책방에서 책 팔아서 또 고기 사 먹으려는 사장님아의 무한 루프. 결국 책방도, 공구도 먹고살려는 몸부림이었다.

이 처절한 몸부림을 많은 사람들이 재미있어했다. '얘 좀 봐라?'라는 호기심은 주문으로 이어졌다. 단순 호기심이었든 사장님아의 몸부림에 대한 "옛다, 주문"이었든 첫 공구는 완판! 입소문까지 타기 시작했다. SNS 팔로우도 늘어났다. 아베끄가 뭐하는 덴지도 모르고 제주의 정육식당인 줄 알고 들어오는 사람들도 생겨났다. 초심자의 행운이었겠지만 아베끄의 첫 공구는 성공적이었다. 공약(?)했던 대로 돼지고기 팔아서 번 돈으로 신나게 책들을 주문했다. 돈 걱정 안 하고 리스트에 책을 담았던 적은 처음이었다. 주문한 책들이 도착했을 때 알바 언니랑 둘이서 수북한 책 박스들을 보면서 "꺄아악!" 행복한 소리를 질렀다.(박스 열고~ 소리 질러~!!)

반가운 사이드 이펙트도 있었다. 책엔 돈을 안 써도

먹는 덴 돈을 쓰는 사람이 세상엔 훨씬 많다. 어쩔 수 없다. 지갑이 얇아질수록 가장 먼저 줄이는 것이 문화예술비고 책 사는 돈은 문화예술비 항목에 들어가니까. 책 좋아하는 사람보다 먹는 거 좋아하는 사람들이 더 많다는 것, 바로 그것이 아베끄 공구의 사이드 이펙트였다. 아베끄가 뭐하는 덴지도 모르고 '제주에 돈마호크 공구하는 데' 혹은 '제주의 맛있는 거 파는 데'라고 해서 들어온 사람들 중에 아베끄에 관심을 갖는 사람들이 생겨났다. 책과 책방에 관심 없던 사람들에게 이런 형태의 동네 책방도 있다는 걸 알린 셈이다. 먹고살려고 가재만 잡으려 했는데 계획에도 없던 도랑까지 치게 됐달까? 돈마호크 주문이 아베끄 책 주문으로 이어지기도 했다. 겨울에 아베끄에서 돈마호크를 주문해 먹었었다며 책방에 찾아와 아이와 함께 그림책을 사가는 엄마도 있었다.

책을 좋아하고 그중에서도 동네 책방을 찾는 사람

들은 한정적이다. 종이책은 여러 면에서 경쟁력이 떨어지고 있고, 자고 일어나면 유행처럼 새로운 동네 책방이 생기고 있다. 제주만 해도 책방들이 엄청 많아졌다. 이 많은 책방들이 한정된 독자들을 상대로 경쟁해야 한다. 시대 변화에 점점 작아지는 파이를 나눠 먹기 해야 하는 형국이 씁쓸하고, 권태감을 주던 차였다. 그런데 본의 아니게 책에 관심도 없던 사람들을 제주도 흑돼지고기로 끌어들였으니 얻어 걸린 효과였지만 셀프 칭찬을 해줄 일이었다. (책방을 하면서 셀프 칭찬은 정말 중요한 업무 중 하나다)

***

'고기 파는 책방'이 된 지 3년이나 됐다. 그리고 그 사이 흑돼지고기 뿐만 아니라 다양한 농수산물 공구를 하게 되었다. 금능 해녀 뿔소라, 김녕의 한치는 공전의 히트를 치기도 했다. 레드향은 1년을 기다리는 분들까지 생겼다. 명절마다 갈치 세트 언제 하냐고 DM이 온다. 부자 됐겠다고? 부자는 아무나 하나. 완판 신화는 진작에 깨졌다. 수익이 꽤 나서 책값은 물론 따뜻한 겨울을 나게 해준 공구도 있고 재능기부 수준의 공구도 있었다. 비슷한 업체들은 많아졌고 물가는 숨 쉬는 것도 돈 받으려는 듯 오르고 있다. 가장 신경 쓰이는 건 아베끄 계정으로 먹거리 공구를 올릴 때마다 팔로워가 떨어져 나간다는 것이었다. 공구 손님이 책방 손님으로 이어지기도 했지만 감성 책방을 기대하는 사람들 중에는 먹을 것만 올리는 피드가 부담스러운 사람들도 있었을 것이다.

선택을 해야 했다. 책방이냐? 공구냐? 나는 두 마리 토끼 다 잡아보기로 했다. 금능 책방 아베끄 6년 차, '고기도 파는 책방' 아베끄 3년차에 안거리에 아베끄장이라는 식료품점을 열었다. 아베끄 마당에서 열던 플리마켓 '아베끄장'을 프랑스어 발음으로 살짝 굴린 이름이었다. 마음에 쏙 들었다. 사업 확장인 거냐며 축하 인사를 건네는 친구들은 돼지고기의 보은이라고 했다. 돼지고기 그 정도 먹었으면 보은할 때도 됐지.

밖거리는 책방 아베끄, 안거리는 그로서리 아베끄 쟝. 한 마당 두 가게가 되었다. 나는 운이 좋았다. 아베끄는 공구로 한고비를 넘겼고, 지금은 아베끄쟝과 함께 성장 중이다. 감사하게도 내 주변엔 활자중독자들과 쩝쩝박사님들, 공구 코치들, SNS 선배들이 포진해 있었다. 그리고 필요한 순간마다 찰떡같이 귀인들이 나타나 주었다. 내가 인생을 잘 살았는지를 돌아보려면 가게를 차려보라고 말할 정도로 아베끄와 아베끄쟝은 모두의 도움을 받았다. 고마운 일이 많은 것이야말로 행운이고, 그런 면에서 나는 정말 운이 좋은 인간이다.

여러 감사함 중에서 한 가지 아쉬운 점이 있다면 아베끄와 아베끄쟝의 발전에 시발점이 된 아베끄 공구의 뮤즈 봉감독님과 마틴 스콜세지 감독님께 흑돼지와 한치, 레드향 맛을 보여드리지 못했다는 것. 그런 의미에서 두 감독님과 연이 닿는 분이 계시면 전해주길 바란다.

"봉감독님 마틴 감독님! 흑돼지랑 뿔소라, 한치로 배

터지게 해드릴게요."

　땡스 투 봉준호! 당신이 어디서 어떤 영화를 만들든,
설사 말도 안 되는 황당한 전대물을 만들더라도 저는
그 영화를 두 번씩 보겠다고 약속드립니다.

땡스 투 봉준호!
저 같은 미세나노 소상공인에게
오래도록 영감을 주소서.

제주에 내려오지 않았다면
몰랐겠지

싫증 잘 내고 지구력 없는 성격 탓에 한 프로그램을 3년 이상 한 적이 없던 애가 제주에서 8년 넘게 붙어 있다 보니 행복한 염세주의자가 된 것 같다. 이런 상황을 맛있는 음식에 비유하곤 하는데, 지금의 나는 비싸고 좋은 고기를 우연히 맛보게 된 비루한 인간이다. 좋은 고기가 어떤 맛인지 알아버렸으니 그 이상의 고기를 먹지 않으면 맛있다고 느끼지 못하는 못 가진 자의 슬픔. 제주는 나에게 너무 일찍 먹어버린 좋은 고기였다. 심지어 점점 더 비싸지는 고기.

제주에서도 염세적인 생각이 머릿속을 가득 채웠던

때가 있었다. 아홉수가 덮쳤을 때였다. 인간관계는 꼬여 있었고, 기획하던 작품들은 다 어그러져서 무한 홀딩된 데다가, 햇수로 3년 차에 접어든 책방 일은 권태롭기 짝이 없었으며, 통장 잔고는 바싹 마르다 못해 바스러지고 있던 2019년. 외할머니까지 돌아가시고 이보다 더 바닥은 없겠지 싶을 때, 친구가 몸보신하라고 만들어준 닭죽을 먹다가 어금니가 깨졌다. 헛웃음이 나왔다.

"허허허, 하다 하다 죽을 먹다가도 이가 깨지냐."

정확히 말하자면 닭죽에 들어 있던 작은 뼛조각에 어금니가 깨진 것이었다. 혀끝으로 느껴지는 깨진 어금니의 단면은 내 멘탈처럼 까끌하고 뾰족했다. 한숨이 절로 나왔다.

며칠 뒤, 친구가 제주에서 행사가 있어 내려온다며 톡을 보냈다.

–강수희 씨, 공항에 저 데리러 나오셔야죠!

–네? 제가요? 왜죠?

–매니저잖아요!

장난을 걸 때 유독 존댓말을 쓰는 친구. 말을 섞다 보면 서로 놀리기 바쁜 친구였다. 친구의 숙소는 성산이었다. 성산이 어딘고 하니…… 제주도 지도를 반으로 접으면 금능과 딱 만나는 곳. 정확히 끝에서 끝이었다. 심지어 친구의 행사 장소는 제주대학교였다. 성산에서 제주대까지는 택시로 대략 5만 원, 버스로는 최소 두 시간 반은 걸릴 거리였다. 아니, 도대체 행사 장소는 제주대인데 숙소는 성산에다가 잡고, 금능에 사는 나한테 데리러 나오라니! 그렇다, 친구는 내가 아는 최고의 길치였다. 어금니가 깨진 채 길치 친구를 픽업하러 나갔다. 마침 책방 정기휴일이었고, 집에만 있으면 우울하게 땅굴을 파고 있었을 게 뻔했으니까.

차에 타자마자 친구는 배가 고프다며 제주 맛집으로 자신을 인도하라고 했다. 대충 동문시장 갈치조림이나 먹여야지 생각하고 구제주로 향했다. 친구는 앉자마자 갈치조림을 시키고는,

"강수희 씨 먹고 싶은 거 알아서 더 시켜."

친구는 옥돔구이도 시켜 주었다. 갈치조림과 옥돔
구이까지 시키니 사장님은 신이 나셔서 서비스로 고등
어구이까지 주셨다. 둘이 먹기에는 꽤 많은 양이었지만,
제주 하면 갈치, 옥돔, 고등어니 제주 생선 트리오가 완
성됐다며 친구는 애주가답게 한라산 소주를 시켰다.(사
실 고등어는 노르웨이산이었다)

친구의 숙소가 있는 성산으로 가기 전에 동쪽에 있
는 서점 한 곳에서 저자 사인까지 한 다음, 친구를 숙소
에 내려주고 다시 제주 반 바퀴를 돌아 금능으로 돌아
왔다. 집에 와서 보니, 자정이 넘어 있었다. 동원이와 부
자는 몇 달 만에 보는 것처럼 나를 반겨 주었다.

그날 밤, 친구를 성산에 내려주고 집으로 돌아오며
꼬인 채로 굳어서 구석에 처박아 뒀던 생각들을 꺼내
정리해 보았다. 제주에 내려온 것을 후회하는 건 분명
아닌데 왜 이렇게 됐을까. 제주 반 바퀴를 돌아오는 그

시간 동안, 제주에 내려왔기 때문에 알게 된 것들도 하나씩 떠올려 보았다.

　나는 고만고만한 환경에서 자라 고만고만하게 학교를 나오고 고만고만한 사람들과 일을 했던 우물 안 개구리였다. 세상은 넓고 내가 사는 세계가 전부는 아니라는 게 첫 번째 깨달음. '개는 개요, 사람은 사람이다'라고 생각했던 내가 강아지들이 공허한 인간들에게 어떤 사랑과 채움을 주는지를 깨닫게 되면서 반려견 때문에 분리불안이 올 수도 있음을 알게 된 게 두 번째 깨달음. 마지막은 수십 년 된 나무들이 양옆에 쭉 늘어선 도로를 하루 종일 달리면서 받는 힐링이 무엇인지, 그렇게 우릴 치유해 주는 자연을 인간이 얼마나 망가뜨리고 있는지 생생하게 알게 됐다는 것이다.
　가장 큰 깨달음이자 변화는 인간관계란 손가락 사이로 빠져나가는 모래알들 같아서 그 허망함에 집착할 필요가 없다는 것이다. 그 집착과 욕심 때문에 서운하고 억울하고 미워하는 내가 싫었었다. 그날 밤 금능으로 향하면서 정리된 것들이 칙칙하고 염세적인 생각들을 조금 톤업시켜 주었다. 아, 나는 정리가 필요했구나.

서울에서 바쁘게 살았다면 필시 하나의 흐름으로 정리되진 않았을 것이다. 정리를 했더라도 같은 결론이 아니었을 수 있고, 과정과 속도가 달랐을 수도 있겠지. 제주에서 생각을 정리하는 과정과 속도가 도시에서 하는 그것보다 더 좋다는 건 분명 아니다. 서울에서 지냈다면 그 나름으로 깨닫게 되는 많은 것들이 있었을 것이다. 서울에 남아서 열일 중인 친구들, 선후배들이 그러하듯이. 단지 내가 도출해 내고 싶었던 결론이 제주와 맞았을 뿐이라고 생각한다.

제주의 회복탄력성 덕분이었을까? 친구의 능력이었을까? 그 하루 동안 제주 한 바퀴를 돌고 나서 기분이 꽤 나아졌다. 이제야 바닥에 발을 댔다 뗀 것 같았다. 발을 댔다 뗐으니 이제 무릎과 허벅지에 힘을 주고 다시 올라가면 되겠구나 하는 마음이 들었다.

행사를 마친 친구는 서울로 돌아가 고맙다는 톡을 보내왔다. 피차 낯간지러운 말 하는 캐릭터가 아니지만, 길치인 친구 덕에 나도 바닥을 치고 올라왔으니 친구에게 고맙다고 했다가 금방 후회했다.

－그렇다니까요, 강수희 씨. 내 말 들으면 자다가도 떡이 생겨요.

친구가 생색도 잘 낸다는 걸 깜박했다.

우리는 언제부터 도시를
미워하게 됐을까요?

언니에게

언니, 오래전에 얘기했던 우리 계획, 기억하죠?

네다섯 명이 한적한 시골에 땅 큰 거 하나 사서

각자 원하는 스타일로 집 짓고 마당은 공유하면서

맛있는 거 나눠 먹고 아픈 데 없는지 살펴주고,

누가 장기 여행이라도 가면 집도 봐주고 하자고.

일명 여인촌 프로젝트.

그 프로젝트 처음 들었을 때 괜찮은 생각이다 싶으면서도

나랑은 상관없는 얘기일 줄 알았는데……

언니, 이제 여인촌 프로젝트를

구체화해야 할 때가 온 거 같아요.

내가 제주에서 벌써 10년 가까이 살고 있으니까

일단 시골살이에 대한 예행연습은 얼추 된 거 같아요.

언니들은 제가 시키는 것만 잘 하시면 될 거 같네요.

사실 제일 걱정인 건 따로 있어요.

언니들은 너무 도시에 최적화되어버린 사람들이라는 거.

억지로 도시에 끼워 맞춰 살았지만,

이제는 미우나 고우나 도시의 편리함과 외로움에

모두 적응된 사람들이라는 거.

그래도 매번 탈도시화를 꿈꾸는 거 보니

아직 도시에 맞지 않는 마지막 퍼즐이 남았나 보네요.

우리는 언제부터 도시를 미워하게 됐을까요?

'도시'라는 두 음절에서 나는 회색 냄새는

사람을 참 숨 막히게 해요.

당장 이 도시만 아니면 숨을 쉴 수 있을 것처럼.

근데 언니…… 나는 도시가 너무 숨이 막혀 섬에 들어왔는데

'섬'에서는 도시와는 다른 외로운 냄새가 나요.

바다로 둘러싸여 있어서만은 아니에요.

도시를 벗어나도 그곳이 먹고 사는 것과 연결되면

다시 숨 막히는 곳이 될 수 있다는 걸

알게 됐을 때 오는 외로움이랄까.

도시만 벗어나면 숨도 잘 쉬어지고 덜 외로울 줄 알았는데.

그리움의 대상은 미화되고 가진 것들을 폄하하잖아요.

그런 면에서 도시는 좀 억울할 거 같아요.

우리, 도시를 너무 미워하지 말자고요.

도시가 무슨 죄가 있겠어요.

시골도 너무 추켜세우지 말고요.

어쩌면 지금 우리가 있는 곳이

지금으로선 우리에게 잘 맞는 곳일 수도 있어요.

나는 제주, 언니는 서울.

시간이 지나면 우리랑 어울리는 곳이 더 분명해지겠죠.

그러니까 내 말은요.

우리 여인촌은 어디다 만들까요?

제주가 날 이렇게 만들었어

육지에서 나와 제주에서 나를 비교해보곤 한다. 육지에서 항상 화가 나 있는 강 작가였다면 제주에서 나는 (여전히 잔잔바리로 화가 많다. 목소리 기본값이 분노형이다) 큰 화를 내는 횟수가 좀 줄어든 반면 한 번에 모았다가 끊어버리는 인간이 됐다는 것이다. 물론 내 기준이긴 하지만 적어도 화를 다스리게 된 것 같다. 이런 변화가 제주에 살기 때문인지 나이 들어서 화낼 기력이 없어서인지는 잘 모르겠지만, 제주에서 나름 분노 컨트롤이 가능하게 된 이유를 분석해 보았다.

첫 번째는 나의 많은 것들을 뒤집어 놓은 교통사고. 죽을 뻔했던 그 사고는 졸음운전 때문이었다. 드드드득! 가드레일 파열음에 졸음이 확 달아나는 순간, 눈앞에 굵은 고딕체의 세 글자가 동시 자막으로 떠올랐다. '망·했·다.' ('망했다'는 굉장히 순화된 표현이고 사실은 'X·됐·다'였다) 정신을 차려 보니 뒤집힌 차 안에서 요가 자세를 하고 있었다. 여기저기 에어백이 터져있고 유리창들은 박살 나 있었다. 동원이!! 가드레일 박을 때까지만 해도 보조석에서 나를 보고 있던 동원이는 어디 간 거지? 너무 무서워서 목소리가 나오지 않았다. 성대를 쥐어짜며 동원이를 불렀지만 답이 없었다. 이 상황에서 나 때문에 죽은 동원이를 목도하게 될까 봐 심장이 떨어져 나갈 것 같았다. 그때, 고맙게도 동원이가 얕은 신음 소리를 내주었다. 끼잉! 소리 나는 곳은 뒤 뒤집힌 차 밖이었다.

뒤죽박죽된 차 안에서 핸드폰과 동원이의 목줄을 찾아 깨진 창문으로 기어 나와 최대한 현장에서 멀리 떨어졌다. 어디서 본 건 있어서 전복된 차가 폭발할까 봐 최대한 멀리 떨어져 뒤를 돌아보니 가관이었다. 4차선 도로 한복판에 발랑 뒤집혀 있는 저 너덜너덜한 차가 내 차라니. 내가 저 차에서 살아나왔다니. 현실감도 없었고, 방향감도 없었다. 112와 보험사에 차례로 전화를 걸고 위급 상황에 총알처럼 달려와 줄 친구인 덕구에미(덕구라는 대형견의 개엄마)에게 전화를 걸었다.

"나…… 차가 뒤집혔어."

내가 뒤늦은 만우절 장난을 친다고 생각했던 덕구에미는 장난이 아닌 걸 알고 20분 걸리는 거리를 7분 만에 달려왔다. (그 정도면 날아왔다고 봐야지) 덕구에미가 나타나자 그제야 몸이 바들바들 떨렸다. 덕구에미가 도로에 흩어진 내 소지품들을 챙기고 있는데, 동원이가 자지러지듯 비명을 질렀다. 어딘가 크게 다친 게 틀림없었다. 수의사인 유나 씨에게 전화했다. 자정이 넘었지만 유나 씨 역시 40분 거리를 25분 만에 달려와 동원이를 살펴주었다. 다행히 내장 파열은 아닌 것 같지만 혹시 모르니 24시간 응급병원에 가서 엑스레이를 찍어 보라고 했다. 보험사를 불러 차를 견인하고, 덕구에미 차로 시내에 있는 응급 동물병원으로 향했다.

다음 날 아침 눈을 떴을 때, 누운 채로 손가락과 발가락을 움직여 보았다. 와, 진짜 살아 있네? 약간의 근육통과 깁스를 한 동원이의 앓는 소리가 아직 우리가 살아 있다는 걸 알려 주었다. 그제야 부모님께 이 사실을 말아야 하나, 고민이 됐다. 가족보험으로 묶여 있어서 일단 집에 전화를 했다. 다시는 못 들을 뻔한 아빠 목소리를 들으니 또 눈물이 터졌다.

"아빠…… (울먹) 나 어제 죽을 뻔했어. 엉엉. 졸다가 차가 뒤집혔어. 어엉어엉!"

"뭐? 무슨 말이야? 다친 데는?"

"으어엉! 나는 하나도 안 다쳤는데, 강아지가 다리가 부러졌어."

"아이고…… 강아지가 너 대신 다쳤나 부다."

아빠는 딸이 무사하다는 말에 뱉은 안도의 말이었지만 나는 그 말에 또 복식호흡으로 울었다. 딸내미가 너무 과하게 울어선지, 아니면 딸 대신 다친 강아지에게 미안해선지 짠돌이 아빠는 다음 날 동원이의 수술비로 100만 원을 쏴주셨다. 이럴 줄 알았으면 더 크게 울고, 수술비는 200만 원이라고 할걸.

마침 제주에 가족여행 와 있던 25년 지기 친구가 사고 소식을 듣고 달려왔다. 친구와 함께 정비소로 끌려간 내 차에 남아 있는 물건들을 수습하러 갔는데…… 훤한 대낮에 보니 차의 몰골이 밤보다 더 적나라했다. 친구는 차를 보자마자 내 등짝에 스매싱을 날리고는 나를 끌어안고 엉엉 울었다.

"미친년아. 왜 운전하면서 졸고 지랄이야. 엉엉. 죽을 뻔했잖아. 엉엉. 못살아, 증말."

구겨진 차에서 이것저것을 챙겨 나오는데, 동원이 동물병원에서 연락이 왔다. 골절은 시간 싸움이니까 얼른 수술하러 오라고 하셨다. 일요일이어서 죄송했지만 냉큼 달려갔다. 동원이를 수술실에 넣고, 제주대 병원 응급실로 향했다. 사고 난 지 20여 시간 만에 개언니들의 등쌀에 그제야 나는 나의 교통사고 검사를 받았다. 검사 결과가 나올 즈음 동원이의 수술도 무사히 끝났다는 연락을 받았다. 뇌진탕이 있을 수 있으니 사나흘 정도 지켜보라는 의사의 당부를 들으며 응급실을 나왔다. 동원이도 나도 저승사자와 하이파이브할 뻔했던 주말이 끝나가고 있었다.

사고 난 뒤 일주일 동안 덕구에미는 우리 집에서 출퇴근했고, 개언니들은 덕구에미가 오기 전까지 저녁 시간을 나와 동원이와 함께해주었다. 내가 뇌진탕으로 쓰러지더라도 낮에는 책방 손님한테 발견되겠지만 저녁과 밤에 있을지 모르는 상황에 대비한 인력 배치였다. 매일 저녁 피자와 치킨을 먹으려고 모였던 것 같기도 하다. 더 이상 시켜 먹을 메뉴가 없을 무렵 나의 뇌진탕 증상도 사라졌다.

이 기억은 어쩌면 왜곡이 있을 수도 있다. 하지만 그 날을 기점으로 나의 인생관도 인간관도 모두 뒤집혔단 사실은 왜곡이 없다. 이 사고는 전적으로 나의 잘못이 었다. 그럼에도 불구하고 차가 뒤집혀 내가 죽거나, 동원이가 죽거나, 혹은 둘 다 죽을 뻔했던 사고 후에 친구 들의 도움이 있었다. 결혼한 친구들이 자기 결혼식에 누가 안 왔는지, 축의금을 얼마 보냈는지 기가 막히게 기억난다고 하더니만, 정말이었다. 사고 소식 듣고 연락한 사람과 안 한 사람이 헷갈리지도 않고 머릿속에 새 겨졌다. 안 그래도 밴댕이 소갈딱지인데 오죽하겠나. 서운함과는 다른 차원의 감정이었다.

내가 잘나가고 좋을 때는 주변에 사람이 많지만 내 가 힘이 없을 때는? 민낯이 드러나는 것들이 많다. 선명 해지는 그/그녀와 나의 관계. 그렇게 걸러진다. 제주에 내려오고 한 해, 두 해 지나면서 나에겐 정말 남을 사람 만 남았다. 손가락 사이로 모래알 빠져나가듯 걸러져 나갔다. 서운하기도, 허무하기도 했다. 그때부터였다.

사람한테 집착하지 않게 된 게. 서운한 마음을 갖지 않는 연습을 했다. 나는 언제나 어떤 모임에서든 먼저 전화하고 먼저 약속을 잡는 편이었지만, 이제는 먼저 전화하거나 먼저 약속을 잡는 일이 드물게 되었다. 어떻게 해도 연락이 닿을 사람은 닿는다는 걸 그제야 깨달았다. 그리고 사고 났을 때, 나는 그때그때 옆에 있는 사람들에게 잘하자는 결론을 내렸다. 후회 없이, 그들에게 고마우면 고마운 대로, 보고 싶으면 보고 싶은 대로 잘하자. 그것이 지금 곁에 있는 이들과 오래도록 덜 외롭게 나를 지킬 수 있는 방법이라는걸 나이 마흔 줄에 알게 되어 가뿐해졌다. 여전히 연습 중이지만 육지에서처럼 서툰 인간관계 때문에 혼란스러움은 덜해졌다⋯⋯(고 생각한다.)

내 변화의 두 번째 이유는 '반려견'이다. 나의 많은 가치관과 관심사, 생활 패턴, 쇼핑 목록, 인간관계 등 많은 것들은 제주에서 만난 강아지들 때문에 달라져 버렸다.

시작은 루이였다. 루이 씹팔세(끼). 청수리 감귤밭에 방치된 개들 사이에서 태어난 서열 꼴찌 루이. 어느 아침, '하루'라는 잘 생기고 까칠한 보더콜리와 '아베끄'에 몇 번 온 적 있던 여자가 DM을 보내왔다. 형식적인 안부 인사에 이어 '거절하셔도 되는데요'로 시작해서 '한 번만 생각해 보시고 고민해 봐주세요'로 끝나는 구구절절한 메시지를 요약하자면 '개 한 마리만 임보해 주세요!'였다. 거절해도 된다고 해놓고, 절대 거절할 수 없게 썼다는 건 나중에 하루 언니와 친해지고 알았다. 아주 나쁜 사람이다.

–그럼 일단 데려와 보세요.

나는 분명 승낙도 거절도 아닌 답을 했다. 내 딴에는 굉장히 이성적이고 냉정하게 대처했다고 생각하는데, 그날 저녁부터 사회성 마이너스인 루이와 한 지붕살이가 시작됐다. 사람도 개도 무서워서 누구에게든 쉬 곁을 주지 않던 루이는 한 번의 여름을 꼬박 채우고 제주를 떠났다. 루이가 샌프란시스코행 비행기에 오르는 날,

김포까지 함께 올라갔다. 밥만 줬고 산책 이외에는 큰 정을 주지 않았기에 덤덤할 줄 알았는데 김포공항에서 루이를 인천공항까지 데려다줄 펫 택시 기사님과 루이의 켄넬이 멀어지는 걸 보고 결국 터져버렸다. 볼썽사납게 김포공항에서 지하철역까지 가는 무빙워크 위에서 꺼이꺼이 울었다. 맞은편 무빙워크 사람들이 힐끔거리는 게 느껴졌다. 내가 개 때문에 이렇게 꺼이꺼이 울다니. 울면서도 내가 미쳤나 싶었다.

며칠 뒤, 사연 있는 여자처럼 공항에서 꺼이꺼이 운 게 무안할 정도로 풍성한 꼬리를 휘날리며 금문교 아래에서 뛰노는 루이 사진이 미국에서 날아왔다.

문제는 지금부터였다. 루이를 보내고 허전한 마음에 유기견 보호소를 내 발로 찾아갔고, 그곳에서 나의 완벽한 강아지 강동워니를 만났다. 자칫 힘 조절을 잘못하면 뼈가 으스러질 것 같은 작디작은 웰시코기 새끼(사실은 웰시코기+발바리 믹스, 일명 웰시바리) 조그만 녀석이 뽈뽈거리며 자꾸 내 무릎에 올라왔다. 내려놓으면 다시 품으로 파고들었다.

"어머, 얘 왜 이래? 내가 좋은가 봐."

집에 와서 녀석이 자꾸 생각났다. 보호소에 다녀온 후 계속 눈에 밟히는 강아지가 있다면 이미 게임 끝. 그리하여 강동워니는 사장님아의 반려견이 되었습니다! 어쩌면 내가 강동워니를 선택한 게 아니라 녀석의 작업에 내가 넘어간 게 아닌가 싶다. 강동워니의 빅피처이자 큰 작업은 1년 뒤에 절정에 이르는데…… 큰 교통사고를 함께 겪으며 사장님아의 생명의 은인으로 승격된 동원이는 도도한 도련님의 삶을 살고 있었다. 그러던 어느 날, 동원이가 발견되었던 지역에서 동원이와 똑 닮은 웰시바리가 보호소에 들어왔다. 누가 봐도 동원이와 혈육임이 분명한 아이였다. 개 두 마리를 감당할 자신은 없지만, 이미 얼굴을 본 이상 모른 척할 수도 없었다. 일단 미국으로 입양 보내줄 계획으로 보호소에서 데리고 나왔지만 결말부터 말하자면 나는 동원이 혈육으로 추정되는 강아지를 미국에 보내지 못했다, 그 웰시바리는 '강부자'라는 이름으로 강동워니와 사장님아와 행복하게 살았습니다.

정신 차리고 보니 내 옆에 강아지 두 마리. 맙소사! 강수희가 개랑 살다니! 심지어 두 마리라니! 상상도 안되고, 상상해 본 적도 없던 모습이다. 동원이가 내 품을 파고들기 전까지 나에게 '개는 개, 사람은 사람'이었다. 선배가 강아지 발바닥에서 꼬순내(고소한 냄새)가 난다고 했을 때도 코가 어떻게 됐나 생각했고, 만취 상태에서도 개 산책 때문에 집에 들어가는 선배들을 보면 정성이 뻗쳤구나 싶었다. 그런데 지금은 동원이가 등 돌리고 자면 빈정이 상하고, 부자의 발바닥 꼬순내 금단현상에 분리불안이 올 지경이다.

'아베끄'의 내 책상에는 아직도 루이 사진이 붙어 있다. 나의 첫 임보견, 루이는 루이를 위해 시를 써주는 좋은 미국 엄마를 만나 잘 살고 있다. 강아지를 키우고 싶다고 하는 지인들에게 나는 임시 보호를 권한다. 임시 보호는 정답이 아닐 수 있다. 하지만 임시 보호를 통해 반려동물에 대한 책임감은 어디까지일까 생각해 볼 수 있다. 이 개들이 왜 다른 나라까지 가야 하는지도 생각할 기회이기도 하다. 우리가 동물들에게 어떤 죄를 짓고 어떤 위로를 받는지. '반려견'이라는 말의 의미와 무게를 느낄 수 있는 기회. 어쩌면 나는 루이에게 진 마음의 빚을 동원이랑 부자를 통해 갚고 있는지도 모르겠다. 다시 말하지만, 나는 '어디 개랑 사람이 한 집에 살아?'라고 생각하고 살았던 인간이었다.

제주는 분노형 인간을 보살피는 인간으로 만들었다. 나를 보살피고, 강아지를 보살피는 인간. 꽤 마음에 든다.

덧붙이는 이야기
나는 SNS에서 동원이를 '아베끄 강동원' 혹은 '강동워니'라고 소개한다. 배우 강동원에게 고소당할까 봐. 사실 은근히 바라고 있기도 하다. 강동원 씨에게 고소당하면 법원에서라도 한번 만날 수 있지 않을까 싶어서. 변호사나 매니저가 나오면 안되는데⋯⋯

　강동원 씨. '아베끄' 강동워니의 이름에 대해서 법정 공방을 원하신다면 당당하게 직접 법정에 나와 주세요. 그리고 인증 샷 한 장만⋯⋯ 부탁드립니다. 사실 배우 강동원 씨가 '아베끄'에 와서 아베끄 강동워니를 안고 사진 한 장만 찍어 줬으면 하는 소박한 꿈이 있다. 배우 강동원 씨를 알고 계시거나 연결고리가 있으신 분들, 소문 널리 널리 퍼뜨려 주시길 바랍니다. 제주도 금능에 작은 책방에 가면 웰시바리(웰시코기와 발바리 믹스) 강동워니가 있다고. 가만히 보면 강동원 씨랑 닮은 것도 같다고. 소문 많이 내주세요.

언젠가 그의 귀에
이 소문이 가닿기를 바라며.
오늘도
"강동워니랑 강부자랑 살아요."

눈을 낮추든가 돈이 많든가

오래된 시골집은 눈길 머무는 곳곳이 시한폭탄이다. 해풍에, 태풍에, 땡볕에, 무엇보다 세월에 속절없이 뒤틀리고 무너지는 바닷가 마을의 흙집은 책장 하나를 만들려고 해도 수평 수직이 맞지 않아 모든 가구를 맞춤으로 제작해 넣어야 했다. 층고가 낮아 천장을 뜯어야 할 때도 조마조마해하며 가능 여부를 확인해야했다. 무턱대고 천장을 뜯었다가 수리비 폭탄 팡팡! 벽에 못 하나 잘못 박으면? 못질과 함께 벽에 쭈욱 금이 가거나, 그 벽과 이어진 다른 벽이 무너질 수도 있었다. 바닥이라고 멀쩡할까. 살림집으로 쓰였던 밖거리의 바닥에는 보일러 열선이 깔려 있었다. 하지만 그게 일반적인 형태로 배선되지 않아서 섣불리 바닥을 팠다가는 열선을 새로 깔아야 할 수도 있었다. 뭐 하나 잘못 건드리면 생돈이 훅훅 나갈 수 있는 상태였다. 각오는 했지만 생각보다 심각했다. 가장 큰 문제는 나의 눈높이와 집의 컨디션 사이에 갭이 너무나도 크다는 것. 눈을 낮추든가 돈이 많든가. 나에게는 선택의 여지가 없었다. 선택지는 only 현실과 타협.

그나마 돈을 조금 더 들여서 해결되는 거라면 다행이었다. 정화조 공사를 해볼까 했는데 마당을 다 까뒤집어야 하는 초대형 공사였다. 비용은 모든 컨디션이 부합할 때 오백에서 천만 원. 그 돈으로 해결되었다면 '아베끄'는 카페를 겸하는 책방이 되었을 것이다. 큰맘 먹고 돈을 들여 마당을 까뒤집었는데, 정화조 공사가 불가능하다면? 정화조는 심지도 못하고 돈은 천만 원 이상 들여야 하는 황당한 상황. '아베끄' 마당이 바로 그런 정화조 공사가 불가능한 마당이었다. 그래도 오백만 원에 끝날 수도 있지 않을까 하는 희망의 끈을 놓지 못하고 설비 업체를 두어 군데 더 알아봤다. 돌아오는 답은 같았다. 돈이 '하영' 든다고 했다. 제주 방언으로 '셀 수 없이 많이'라는 뜻인데, 그 후로 나는 '하영'이라는 이름만 들어도 마당 정화조 공사를 접어야 했던 슬픔과 좌절감이 되살아났다. 그래서 사촌오빠의 딸 하영이를 굳이 만나지 않고 있다. (하영아, 미안하지만 고모가 이렇게 속이 좁은 사람이란다. 용서해다오.)

이런 집을 나에게 붙여 준 신은 이미 계획을 하고 있었던 걸까? 그래서 나에게 이 집을 보여주기 몇 년 전에 좋은 건축업자를 지인으로 붙여 주었던 걸까? 하마를 닮아 '하마'로 불리는 지인은 제주 여행자일 때 단골 게스트하우스에서 알게 된 오빠였다. '아베끄'를 위해 하마 오빠 카드를 쓰기로 했다.

집을 짓고 건물을 세우는 하마 오빠에게 코딱지만한 '아베끄' 인테리어를 맡긴 가장 큰 이유는 건축과 실내 인테리어도 구분하지 못한 나의 무지 때문이었다. 이게 바로 무식하면 용감한 건가? 두 번째 이유는 불안함 때문이었다. 집의 상태를 나조차도 장담할 수 없고, 어설픈 업체에 맡겼다가는 손대는 족족 안 되는 것투성이거나 눈탱이가 밤탱이가 될 것 같았다. 어찌어찌 공사를 마무리한다 치더라도 겉만 그럴듯하고 제주의 돌풍과 폭우에 유지 관리비가 더 들 것 같았다. 그런 이유에서 제주 옛날 집들의 상태를 누구보다 잘 아는 하마오빠가 시간이 오래 걸리더라도 꼼꼼히 튼튼하게 '아베끄'를 만들어 줄 거라 믿었다. 무엇보다 나는 모자란 '아베끄' 창업 자금을 벌기 위해 서울에 방송 일을 잡아둔 상황이었다. 내가 육지로 굴 따러 간 사이, 의뢰인이 없어도 자기 일처럼 책임감 있고 믿음직하게 맡아줄 사람. 공사 현장을 내 눈으로 볼 수 없는 상황에서 믿고 맡길 사람은 위로 보나 아래로 보나 하마 오빠뿐이었다. 공

사 시작 전 하마 오빠와 대략적인 회의를 할 때 깨달았다. '강수희, 사람 참 잘 봐.'

작업에 임하는 하마 오빠의 화법은 이러했다.

"오빠, 이거 요롷게 돼요?"

"하면 되지. 해줄 수는 있어."

"오빠 집이라면 어떻게 할 거예요?"

"음…… 우리 집이랑은 컨디션이 다르니까, 이 집에 맞고 니가 관리하기 편한 쪽으로 해야지."

이어서 '요롷게' 했을 때의 장점과 단점을 알려 주었다. 그리고 항상 그 단점을 보완하는 데에는 조롷게 하는 방법을 함께 알려 주었다.

아마도 하마 오빠는 아직 '아베끄'가 '아베끄'이기 이전에 '강슈네 밖거리'일 때부터 지켜봐 왔던 지인으로서 밖거리 천장을 뜯고 바닥에 에폭시 처리까지 마무리하면서 속으로 욕을 했을지도 모르겠다. 다시는 강슈가 부탁하는 걸 받지 말아야지라고.

혹여라도 제주 혹은 전국에 있는 여느 시골집 리모
델링, 귀촌 귀농에 판타지나 로망을 갖고 계신 분들이
있다면 확실히 알고 있어야 할 게 있다. 〈삼시세끼〉나
〈리틀 포레스트〉에 나오는 집은 스태프들이 수리해 준
집이거나 세트장일 뿐, 시골집이 자기 혼자 관리되지
않는다는 것을 명심하시라! 정겨운 시골집 하나 개조해
서 장사나 할까 하는 계획이 있으시다면, 리모델링할 돈
으로 땅 사서 신축 건물을 짓는 걸 추천하는 바입니다.
당연한 말을 뭐 이렇게 장황하게 푸느냐 싶겠지만 정말
장난이 아니다. 물론 고쳐놓고 보면 뿌듯하다. 보면 볼
수록 그 세월의 묵은 때에 정이 가는 것 역시 신축은 비
할 바가 못 된다. 올드패션, 레트로, 빈티지 감성이 달리
유행이겠는가. 그 맛에 시골집에 사는 거겠지만.

역시…… 선택의 문제다. 나에게 또 시골집을 선택
하라고 한다면? 아, 어렵네…….

약은 약사에게!
집은 인테리어 전문가에게!

저도 이런 집에 살고 싶어요

"저도 이런 시골집에 살고 싶어요. 부러워요."

'아베끄'에 오는 손님들 중 열에 서너 사람이 하는 말이다. 많은 이들에게 제주 돌집에 관한 로망이 있다는 걸 안다. 내가 제주에 내려올 때도 그러했고, 지금까지도 남녀노소 귀농 귀촌이 유행처럼 번지고 있으니까. 웰빙 라이프 슬로 라이프의 판타지를 온갖 매체에서도 펌프질해대고 있으니까 왜 아니겠는가.

하지만 제주 라이프를 실행하기 전 제주의 오래된 집들이 갖는 역사성을 이해해야 한다. 그들은 제주 시골집이 수평 수직이 맞지 않아 무슨 공사를 하더라도 돈이 두세 배 들고, 돈 문제를 떠나 이런 컨디션의 집을 리모델링해 줄 업체를 찾는 게 육지보다 몇 배는 힘들다는 걸 모른다. 말해도 와닿지 않을 것이다. 심지어 화장실이 마당에 있어 비 오는 날에는 우산을 쓰고 화장실을 가야 하는데, '아침에 우유 한 잔, 점심에 패스트푸드'를 먹는 도시인들은 상상도 못 할 일이다. 그나마 익숙해진 나 역시도 장마철 장염에 걸리는 상상을 하면 공포다. 물론 마당 화장실은 우리 집의 특수 상황이고, 제주 사람들조차 화장실이 밖에 있다고 하면 '그런 집에서 어떻게 살아?'라는 표정을 짓는다. 화밖죄아. 화장실이 밖에 있는 게 죄는 아니잖아!

공사가 완료된 이후에는 더 전쟁 같은 나날이 펼쳐질 수도 있다. 특히 마당이 있다면 무심함을 먹고 자라는 잡초와 전쟁, 습기를 좋아하는 온갖 벌레들, 특히 지네의 따끔한 기습 하이파이브…… 하! 제주 시골집에서

이런 집에 살고 싶으시면?!

부지런하신가요?
돈이 많으세요?
체력이 좋으세요?

의 단점을 나는 밤새 이과수 폭포처럼 쏟아낼 수 있다.

그렇게 핸디캡이 많고, 싫은 게 많으면서 왜 거기 사느냐는 말도 종종 듣는다. 그러면 나는 항상 마음에 품고 다니는 준비된 대답을 한다.

"그럼에도 불구하고 좋으니까요."

이런 불편들 때문에 제주가 싫은 것이 아니다. 여러 단점이 있지만 '그럼에도 불구하고' 제주가 좋다는 뜻이다. 여행자들은 놓치는 불편함이 이곳에도 당연히 존재한다고 말하고 싶을 뿐이다. 여행 와서 묵는 예쁘고 깨끗한 숙소에서 여행자들은 요일별 분리수거도, 검은 곰팡이들과 싸울 일도, 눅눅해진 침구류 건조도 할 필요가 없다. 매일 아침저녁으로 20리터씩 나오는 제습기의 물을 비울 필요도 없다. 그저 이 평화롭고 아름다운 제주를 누리다 가면 된다. 하지만 이곳 역시 사람이 사는 곳. 생활 전선이 되면 제주는 도시와 다름없는 치열함이 상존하고, 생활상의 불편과 귀찮음이 무성하다. 지긋지긋하다고 여기는 인간관계에 따른 스트레스도 피할 수 없다. 여기도 사람과 부딪히며 살아야 하는 곳이다. 제주에 판타지를 품고 접근하는 이들은 스스로에게 물어봐야 한다. 여행지가 거주지가 됐을 때 실망하게 될 제주까지 품을 자신이 있냐고.

매년 여름 슈퍼 태풍이 제주를 덮쳤다는 뉴스를 보고 걱정하는 연락들이 온다. 책방 지붕이 날아가진 않았는지, 책방에 비가 새진 않는지. 반려견 강동워니와 강부자가 괜찮은지. 무사히 태풍이 지나가고 나면 책방에 딸린 작은 방, 북스테이 '오, 사랑' 예약이 들어온다. 그리고 나는 예약 문의하시는 분께 확실히 안내해 드린다.

화장실은 마당에 있고, 샤워실은 안에 있어요. 화장실이 푸세식은 아니에요.

밤새 책방은 오롯이 즐기실 수 있어요.

단점을 먼저 까고 매력도 동시에 어필하는 것이 나의 화법이다.

대 환장 검질 파티

'검질'이란 무엇인가.

무사들이 들고 다니는 긴 칼을 뜻하는 '검'과 접미사 '질'이 합쳐져 뭔가 칼을 다루는 무시무시한 일인가 싶지만, '검질'은 잡초를 뜻하는 제주 방언이다. '검질 맨다'는 밭을 맨다, 잡초를 뽑는다는 뜻인데, 여름만 되면 검질 전쟁이 시작된다.

시골살이의 로망 중에서도 마당 있는 시골집의 판타지는 여름을 한 번만 지내보면 산산이 조각난다. '꾸안꾸' 정원의 주인이 되려면 돈이 많거나 체력이 좋거나 둘 중 하나여야 한다. 능력 있는 조경사에게 의뢰하려면 돈이 많아야 하고, 조경사를 쓸 재력이 없다면 부지런함과 체력을 길러야 한다. 가끔 병원비도 든다. 절기와 기후 변화를 꼼꼼히 살피고, 계절에 맞는 화초를 심어 가꾸는 한편, 다음 계절을 위한 화초를 미리 준비해 두어야 사시사철 정원에서 어여쁜 꽃을 감상할 수 있다. 그러자면 목장갑 낀 손에서 호미와 전정가위가 365일 떨어질 새 없어야 한다. 예측 능력도 겸비해야 한다. 지금은 작아 보이는 모종이 커졌을 때를 잘 계산해야 하니까. 얘가 커봤자 얼마나 크겠나 싶어 다닥다닥 심었다가는 엉키고 꼬여 다 자랐을 때 영 맵시가 안 난다. 정원도 뭣도 아닌 볼품없는 잡초 밭이 되는 것이다. 그리고 시든 꽃대는 부지런히 잘라 줘야 영양분이 쓸데없이 흩어지지 않는다. 이렇게 바쁜 와중에 조용히 자리 잡는 잡초들을 새치 뽑듯 쏙쏙 뽑아줘야 한다. 바쁘다 바빠, 현대 가드너 생활.

'해야 한다' 리스트가 이리도 많은 가드닝. '해야 한다'

리스트의 포인트는 '제때' 해야 한다는 건데, 만약 타이밍을 놓치면……? 나처럼 된다. 하늘 아래 절로 아름다운 것은 없다.

마당이 있는 이 집에 처음 이사 왔을 때 나는 주제 넘는 포부를 안고 있었다. 그것이 얼마나 과욕이었는지 한 계절 만에 뽀록이 났다. 마당과 정원을 둘 다 놓치지 않겠다는 어마무시한(?) 욕심, 무지한 욕심. 이사 온 첫해의 봄, 겁도 없이 곡괭이질을 했다. 힘이 아주 남아돌았다. 내가 생각하는 마당은 쌈 채소나 허브 같은 식용 식물이 심어져 있는 텃밭, 즉 먹고사는 주제와 연결된 생활 밀착형 야외 공간이었고, 정원은 꽃식물들이 돌담과 어우러져 '아름다움'을 구현하는 생활 사치형 야외 공간이었다. 실제로 텃밭 개념의 마당에는 바질과 상추, 치커리, 쑥갓 등을 잔뜩 사다 심었다. 직접 기른 채소로 샐러드도 해먹고, 바비큐 파티도 할 기대에 부풀어 있었다. 마당 가장자리에 돌담을 따라 나 있는 길쭉한 모양의 정원에는 화원에서 이름을 알려 주었지만 홀랑 까먹은 외국 꽃모종을 정성껏 심어두었다. 식생과 아름다움 둘 다 놓치지 않을 거예요!

아, 그해 4월! 텃밭과 정원이 함께 있는 나의 첫 마당을 보며 그 얼마나 뿌듯했던가. 하지만 그 뿌듯함은 도시인의 게으름 앞에서 한 달도 안 돼 무너졌다. 어디서 날아와 언제 뿌리를 내렸는지 모르는 잡초들이 마당과 정원의 경계를 지우면서 제멋대로 고개를 쳐들었다. 아직 손가락 한 마디 정도였던 잡초 새싹들은 쏙 뽑아도 될 정도로 귀여운 수준이었다.

하지만 잡초는 무관심을 먹고 자란다. 내일로 미루는 다이어트처럼 미루고 미루다 보니 제주의 바람과 온갖 날짐승, 곤충 따위가 실어다 나른 씨앗은 어느덧 무릎 높이까지 자라났다. 잡초가 무릎을 긁는데도 아직 통행이 힘든 정도는 아니라며 정신 못 차리고 비 오면 뽑아야지, 내일 뽑아야지, 쉬는 날 뽑아야지 하다가 허리춤까지 올라왔을 때는 폭염이 쏟아지는 한여름. 이런 날씨에 잡초 뽑다간 쓰러진다며 일사병 핑계를 댔다.

그렇게 귀여웠던 잡초 사이에서 텃밭 쌈 채소들은 힘껏 살아 주었다. 살아서 잡초와 한 덩어리가 되어 갔다. 이미 쌈채소의 기능은 상실되었다. 그리하여 곶자왈(제주 덤불숲을 뜻하는 제주어)이 된 나의 첫 마당과 정원은 온갖 곤충과 파충류들이 살고 있는 생태 학습장으로 거듭나 버렸다……고 추정된다. 감히 들어갈 엄두가 나지 않았다.

그 이후로 나는 텃밭을 만들지 않는다. 쌈 채소는 마트에서 사먹는 거다. 바질이나 허브, 제철 꽃모종 정도를 적당히 심고 있다. 가드닝은 주제 파악에서 시작되어야 한다. 내가 얼마나 부지런한 사람인가, 내가 얼마나 돈이 많은 사람인가에 대한 고찰.

그래 놓고 '아베끄'를 오픈한 후에 또 욕심을 냈다. '그래, 사계절 내내 마당에서 꽃을 볼 수 있는 책방을 만드는 거야!'라는, 소박하지만 역시나 과욕이 스며 있는 계획이었다. 이 계획은 아직까지 반은 지켜지고 반은 망하기를 되풀이하고 있다. 매년 7월 중순까지는 성공이다. 잡초들이 아직 무릎까지밖엔 안 올라올 때니까. 물론 그 이후는 급속도로 세력을 뻗치는 넝쿨과 잡초들이 곶자왈을 선물해 준다. 선물을 받고 감격한 나는 얼른 바람과 공기가 차가워지길 바랄 뿐이다.

왜 나란 인간은 매년 같은 실수와 같은 게으름을 반복할까. 만물이 소생하는 3, 4월에는 아직 잡초가 머리를 내밀지 않고 내민다 해도 새치 뽑듯 뽑을 수 있는 정도다. 그즈음 나는 굳게 다짐한다.

'올해는 검질 부지런히 해서, 마당을 곶자왈로 만들지 말아야지!'

잡초의 뿌리가 꽤 깊어지는 5월. 제주의 고사리장마가 시작될 때까지만 해도 틈틈이 검질에 시간을 들인다. 잡초 뽑기는 행위 자체에 집중하게 되는 노동이다.

잡초가 뭔가. '잡스러운 풀'이란 건 인간이 만든 편견일 뿐, 과연 내가 이 풀을 뽑아서 죽일 자격이 있는가. 얘도 살겠다고 이렇게까지 진화해서 어렵게 뿌릴 내렸는데, 내 땅에서 자란다는 이유로 함부로 뽑아내도 되는 건지. 어쨌든 내 허락 없이 내 마당으로 들어왔으니 내보내야겠지 하는 마음으로 뿌리째 뽑으며 기도한다.

'다음 생에는 잡초 말고 비싼 꽃나무나 명품 과일이 달리는 나무로 태어나라. 아니다, 주인 없는 땅이나 주인이 자주 오지 않는 숲에서 맘껏 뿌리 내리렴.'

이런 명상이랄지 잡생각일지를 하다 보면 어느새 한 구역의 잡초가 다 뽑혀 있다. 깔끔해진 정원을 보면 또 그렇게 뿌듯하다. 물론 뿌듯함의 시간은 짧다. 시원하게 비 한번 내리면 순식간에 올라와서 욕을 부르는 게 잡초다. 5,6월의 비는 농작물이든 화초든 잡초든 차별 없이 모든 식물의 성장을 활성화시킨다. 그게 자연의 섭리이기에 깔끔하고 정돈된 정원을 원하는 사람은 이 계절에 부지런히 목장갑과 호미를 들고 검질을 해야 한다.

꾸안꾸 정원의
핵심은 '검질'!

아베끄 검질
체험 신청 항시 환영!

7월의 검질은 단호함과 결단력이 필수다. 나에게 죄책감을 줄 정도로 여렸던 잡초의 뿌리들은 나의 게으름을 비웃기라도 하듯 제법 굵고 튼실해져 있다. 비가 와서 땅이 말랑해지지 않으면 잘 뽑히지 않을 만큼 억세진 녀석들을 손으로 뽑다 보면 성질이 난다. 어떻게든 버티려고 깊게 내린 뿌리가 끊기거나 줄기만 똑 끊어지면 약이 오른다. 이때 잡초 뿌리한테 밀리면 안 된다. 호미로 땅을 파서 잔뿌리를 다 뽑아내야 한다. 잔뿌리라도 남아 있으면 보란 듯이 억세고 강한 줄기로 올라오는 게 잡초란 녀석들이다. 잡초의 힘은 잔뿌리에 있다. 그것이 잡초의 생명력이다. 제대로 뿌리 뽑지 않은 자리에서 똑같은 놈이 더 크고 더 싱싱하게 올라오는 걸 보면 나의 패배를 인정해야 한다. 그리고 유혹에 빠진다.

　'그냥 제초제를 확 쳐버려?'

　'아, 검질 해야 하는데……'라는 숙제 미루기와 '그냥 제초제 뿌릴까' 사이에서 고민하는 동안, 잡초는 무럭무럭 자라 8월로 넘어간다.

8월의 검질은 자책이다. 이미 생존한 잡초는 제초제로도 죽지 않을 만큼 장성했고, 이제는 빼박 수작업으로 제거해야만 한다. 제초제로도 안 죽을 놈들인데 수작업이라고 수월할까. 두어 달 전 나의 머리끄덩이를 잡아 끌고 "일어나서 검질 해!"라고 소리치고 싶을 뿐이다. 이미 저렇게 자라서 살겠다고 뿌리로 흙을 움켜쥔 애들인데 그냥 살게 둬야 하는 거 아닌가 싶은 생각도 든다. 나 따위가 뭐라고 이런 생명을 뽑아낸단 말인가. 그렇게 매년 잡초에게 백기를 들고 있다.

9월은 내년 검질을 향한 새로운 각오? 이제 될 대로 돼라. 이대로 그냥 빨리 가을 오고 겨울 와라. 얼른 추워져서 다 얼어 죽어라. 그리고 내년엔 봄부터 열심히 검질 해서 '아베끄'를 방문하는 손님들이 마당에서부터 '우와!' 하게끔 만들어야지! 그리 결심하지만 마당 있는 책방 주인의 다짐은 5년이 넘게 반복되고 있다.

검질은 동네 헬스장이나 요가원 다녀오기 같다. 마음먹기가 쉽지 않아서 그렇지, 마음먹고 몸을 움직여서 도착만 하면 개운하게 운동을 하게 되는 그런 느낌이랄까? 몸을 일으켜 마당까지 오는 게 왜 이리 힘든 걸까. 목장갑 끼고 호미 들고 잡초 뿌리 하나하나 캐다 보면 잡념이 사라지고 기분도 좋아지는데. 이런 좋은 습관을 8월까지 꾸준히 들인다면 '아베끄' 정원이 곶자왈이 될 일은 없을 텐데. 언제나 게으름은 좋은 습관을 이겨 먹는다.

이런 사정을 아는지 모르는지, '아베끄'의 연두색 대문을 들어서는 손님들은 잡초 넝쿨과 잔디가 뒤섞인 길을 지나오면서도 많이들 좋아하신다. 특히 봄에 오시는 분들은 아직 곶자왈이 되기 전의 정원에서 수선화나 수국을 보고 인증 샷을 찍기도 한다. 가족사진을 찍어가는 분들도 봤다. 그 모습을 보면서 매년 '올해는 진짜 검질 열심히 해야지. 여름이 끝날 때까지 예쁜 정원 유지해야지'라고 결심해 왔다.

이제 결심의 방향을 살짝 바꾸기로 했다. 돈을 많이

벌기로. 그래서 조경업체에 맡기기로. 어설픈 텃밭 재배 후에 '쌈 채소는 마트에서'라는 교훈을 얻은 것처럼, 몇 년 간 셀프 가드닝을 하면서 깨달은 교훈은 '약은 약사에게, 아파트는 공인중개사에게, 법률 상담은 변호사에게, 정원은 조경사에게!' 그래, 전문가에게 맡기는 거야. 비싼 다년생 꽃모종 사와서 곶자왈 거름 만드는 셀프 가드닝 따위 집어치우고, 전문가에게 맡겨 일년생 화초를 한해 동안 꽉 채워 보기로 했다.

견적이 많이 나오려나? 그럼 돈을 많이 벌어야 하는데. 그럼 책을 많이 팔아야 하는데. 그럼 마당이 예뻐야 하는데. 그럼 내가 검질도 잘하고 꽃도 잘 심어놔야 하는데. 그럼 체력을 길러야 하는데…… 아아, 환장의 연속이다.

아니, 내가 지금 죽겠다는 게 아니라

밤 9시가 넘은 시각 '아베끄'의 가게 전화가 울렸다.

"우엥음나#!융@&*이&*%⋯⋯."

보통 그 시간에 오는 전화는 북스테이 '오, 사랑' 예약 관련 전화여서 받았는데, 이상한 외계어인지 외국어인지 알 수 없는 말이 들려왔다. 누가 장난치는 건가, 외국인인가? 잔뜩 날이 선 목소리로 몇 번을 누구시냐고 물어봤지만 알아들을 수 없는 말만 반복되었다. '아, 뭐야?' 하고 끊으려는데, 갑자기 수화기 너머에서 꼬마 목소리가 들렸다.

"죄송해요. 할머니가 전화기 만지다 잘못 누르셨나

봐요."

으잉? 나는 두 눈을 끔벅끔벅했다. 수화기 너머의 꼬마는 굉장히 미안해하고 있었다.

"정말 죄송해요. 할머니가 치매셔서요."

두 번째 으잉?! + 두 눈 끔벅끔벅.

"아, 네…… 네……."

어리둥절하며 전화를 끊고 나서, 아차 싶었다. 할머니가 꼬마와 가족들에게 혼나는 건 아닐까 하는 생각이 그제야 들었다. 죄송하다고 하는 꼬마에게 괜찮다고, 정말 괜찮으니까 할머니 놀라지 않게 해드리라고 제대로 말할 걸, 너무 그냥 어버버하다가 끊었구나 싶었다. 10초도 안 되는 짧은 통화였지만 찜찜함은 길게 남았다.

멍하게 휴대폰을 내려다보다가 지금은 연락이 끊긴 친구가 생각났다. 고등학교 1학년 때 같은 반이었던 친구는 유학생이었다. 도청소재지에 위치한 우리 학교에는 인근 소도시에서 유학(?)을 온 친구들이 있었는데 친구가 바로 그런 유학생이었다. 우리는 독서실을 같이 다니면서 친해졌다. 어른스럽고 예의 바르고 성실해서 엄마도 그 친구를 좋아했다.

한번은 친구의 시골집에 놀러 간 적이 있었다. 시골집이라 해도 나름 읍내 한복판에 자리한 상가 건물 주택이었다. 친구네는 할머니가 계셨는데 치매를 앓고 계셨다.

친구는 나를 위해 여동생에게 떡볶이 셔틀을 시켰다. 친구랑 그의 동생들과 떡볶이를 먹으려고 하는 순간, 할머니가 소리를 지르셨다. 친구는 익숙한 듯 젓가락을 내려놓고 할머니 방으로 들어갔다. 할머니는 말로만 듣던 바로 그…… 벽에 똥칠을 하셨다. 정확히는, 용변을 본 기저귀를 벽에 던지셨다고 친구가 말했다. 친구는 내가 너무 충격을 받거나 혹은 비위가 상해 떡볶이를 못 먹게 될까봐, 그래서 모처럼 자기 집에 놀러 온 친구와의 시간을 망칠까봐 나를 할머니 방 근처에도 못 오게 했다. 보지 말라고 했다.

가장 놀라웠던 건 친구가 너무나 익숙하게 현장을 수습하고 떡볶이 앞으로 왔다는 사실이었다. 내가 직접 본 건 없으니 치매 할머니가 충격적인 게 아니라, 너무도 차분한 친구의 상황 수습과 흔들림 없는 공기가 오히려 컬처쇼크였달까. 내 충격에 무게를 얹은 건, 돌아와서 떡볶이를 먹으며 친구가 했던 말이었다.

"이래서 긴 병에 효자 없다고 하는 거야."

떡볶이 속에서 납작어묵을 골라 먹으며 읊조렸던 친구의 그 말은 오래도록 뇌리에 남아 치매 노인이나 노인 질병 관련 드라마, 뉴스들을 볼 때마다 떠올랐다. 그리고 치매 노인도 노인이지만 뭣보다 그들의 가족들을 걱정하게 됐다. 치매 할머니 병수발에 이골이 난 조숙했던 내 친구를 떠올리면서.

How To Die.

이것이 나의 이슈 중 하나다. 제주에 내려온 첫해부터 지금까지 생각하는 주제다. 그래서 '죽음'에 관련된 책을 굳이 찾아보고 있다. 지금이야 유품정리사가 주인 공인 영화도 나오는 세상이 됐지만, 내가 처음 '죽음'에 대해 진지하게 생각하기 시작했던 8, 9년 전만 해도 '죽음'과 관련된 책은 학술 서적이나 시한부를 이겨낸 분들의 수기가 다였다. 단막극을 써보겠다고 '죽음'과 관련된 책을 찾다가 도서관에서 빌린 암 말기 환자의 수기를 읽으면서 '웰다잉(well-dying)'이란 말을 처음 접하게 되었다.

그즈음, TV나 광고에서 키워드로 삼은 단어는 '행복'이었다. '소확행'이 유행어였던 때였다. 빵 한 봉지를 사 먹어도 소확행 소리를 들어야 했다. 그 때문에 나는 소확행에 '소' 자만 봐도 두드러기가 나는 거 같았다. 세상이 행복을 강요하는 것처럼 느껴졌다. 청개구리 심보로 '내 행복 내가 알아서 할 테니까 강요하지 좀 말아줄래, 쫌!' 하고 외치고 싶었달까? 그렇게 남들이 행복을 말할 때, 나는 잘 죽는 것에 더 관심을 가지게 되었다.

도시에 계속 살았어도 이렇게 '죽음'을 가깝게 느끼거나 자주 생각하게 됐을까? '죽음을 가깝게 느낀다'는 뜻은 귀신을 본다거나, 누가 옆에서 계속 죽어 나간다거나, 죽고 싶다거나 하는 것이 아니다. 사람이든 동물이든 식물이든 죽고 사는 문제가 지천에 깔린 시골이어서 더 그럴지도 모르겠다. 도시에서 죽음은 병원 장례식장을 떠올리지만, 시골에서 죽음은 말 그대로 살고 죽는 모든 과정, 우리 곁의 이야기가 된다. 로드킬 당한 산짐승부터 밀물 타고 들어와서 썰물에 나가지 못하고 죽어버린 물고기, 그리고 한여름에 탈피하는 매미 유충과 그 옆의 매미 사체까지 사는 것과 죽는 것이 항상 주위에 널려 있다. 특히 크고 작은 태풍이 제주 집 앞바다로 지나갈 때나 태풍이 지나간 다음 날 해안가에 나가 보면 죽음에 대해 생각해보지 않을 수 없다. 죽고 사는 것, 살고 죽는 것 앞에서 '어떻게'와 '잘'을 언제 어디다 붙여야 할까. '어떻게' 살아야 '잘' 죽는 걸까.

'잘 죽는 법'에 대해 생각한다고 하면, 다들 눈동자가 살짝 흔들리면서 걱정의 눈빛을 쏘아댄다.

"아니, 내가 지금 죽겠다는 게 아니라……."

분명 말하지만 '잘 죽는 법'은 자살을 뜻하는 게 아니다. 어떻게 하면 '잘 살다가' 잘 죽을 것인가를 고민한다는 뜻이다. 어린 손녀로 하여금 수화기 너머의 모르는 사람에게 사과하게 만들고, 한창 사춘기였던 손녀가 친구를 데리고 와도 투명인간처럼 집에 있어야 했던 할머니를 떠올리며, 어떻게 하면 잘 살다가 가는 것인가를 고민해 보자는 얘기다. 그 고민은 다시 '나는 어떤 할머니가 될까?'로 이어진다. 나는 자식이 없으니 손주도 없을 테지만 어쨌든 할머니는 될 것이고, 그럼 나는 어떤 할머니가 되어야 할까? 결국 곱게 늙는 방법을 궁리한다. '잘' 죽는 건 잘 살아온 이들에게 주어질 확률 높은 포상이니까.

그럼 나는 지금 잘 살고 있는 건가? 나는 잘 죽는 방향으로 가고 있는 건가?

당장 오늘 하루, 내일 아침을 '살아내야' 하는 일이 걱정인데, 어떻게 죽을까를 고민하는 게 어찌 보면 배부른 소리 같기도 하다. 이렇게 답도 안 나오는 생각의 타래들이 머릿속에서 뭉쳐지다 보면 나는 'today to do list'를 내일로 그대로 넘기기 일쑤다. 당장 오늘 책을 주문해놔야 다음 주에 책을 팔 수 있는데 말이다. '내일 당장 어떻게 될지도 모르고 할머니가 되지 못한 채 죽을 수도 있는데, 뭔 놈의 how to die, well-dying이란 말인가'라고 생각하면서, 그래도 책 주문 리스트에 '죽음'과 관련된 책들을 잔뜩 넣는다. 그리고 '아베끄' 책장 한 칸은 '죽음'에 관련된 책으로 채워둔다.

가끔 책방에서 주인장의 추천 도서를 묻는 분들께 조심스럽게 질문을 던진다.

"혹시 '죽음'에 대해 관심 있으세요?"

대부분 손님은 동공 지진을 일으키며 한 발짝 뒤로 물러나서 되묻는다.

"죽······음이요? 아······(그건 쫌 별로!)"

"도를 아십니까?"도 아니고 당황할 만하지. 아마 속으로 그랬겠지. '기분 좋게 제주에 와서 예쁘장해 보이는 책방에서 주인장한테 책 추천을 부탁했더니 죽음이란다. 여기 이상한 사이비 종교 분점 아냐?' 그런 건 아닙니다. 가끔 신점과 손금, 타로, 사주 등을 보러 다니긴 하지만, 저는 한때 제 발로 새벽기도도 나갔던 기독교 모태 신앙인이며, 종교 강요하는 사람과는 겸상도 안 하는 사람입니다.

내가 오래도록 생각하고 앞으로도 생각할 이 주제가 소위 '바다마을 갬성 책방'을 찾아오신 손님들께 권하는 추천 도서의 주제로는 적당하지 않을지도 모른다. 그렇다고 죽음을 다들 검정색으로만 받아들여 '뜨악한 표정을 짓지는 말아주었으면 좋겠다. 요즘 죽음과 관련된 책들 중에는 오색찬란 무지갯빛까지는 아니어도 유쾌한 죽음, 잘 죽는 법을 다룬 책도 많다는 걸 알아주었으면 하는 마음이다.

죽음에 관해 이런저런 생각들을 오래도록 해왔지만

정의내린 건 딱히 없다. 단, 나의 장례식에 대한 생각은 해두었다. 내 장례식장에는 BGM이 있었으면 좋겠다. 쇼핑몰이나 광장처럼 음악이 계속 깔려 있었으면 좋겠다. 그것도 시간대에 따라 다른 느낌으로. 아침에는 요즘 즐겨 듣는 유튜브 'cold water'의 '집중과 편안함에 도움을 주는 피아노 연주', 오후에는 2000년대 힙합과 인디 음악(다이나믹 듀오, 드렁큰타이거, 델리스파이스, 윈디시티 등), 저녁에는 심야 라디오 선곡 같은 갬성 뮤직, 그리고 밤인 날 엔딩 곡으로는 토이의 〈뜨거운 안녕〉을 다 같이 떼창…… 부탁드립니다. 한국인은 떼창의 민족이니까요.(말해놓고 보니 장례식을 위해 음악 감독을 섭외해 두고 죽어야 하나?!)

"외할머니가 돌아가셨대요……".

아는 동생과 각각 시내 볼일을 보고 저녁으로 도시 음식인 피자를 먹고 있었다. 동생이 먹던 피자를 내려 놓고 통화를 하러 나간 사이, 나야말로 어떤 표정을 지어야 할지, 무슨 말을 해야 할지 모른 채, 피자와 샐러드를 계속 먹어야 할지 말아야 할지, 먹을 수도 안 먹을 수도 없는 난감한 상황에 눈만 끔벅이고 있었다. 통화를 마치고 돌아온 동생은 다시 한 번 외할머니의 부고를 확인시켜 주고 서둘러 비행기 표를 알아보기 시작했다. 가족의 부고를 듣고 가장 서둘러 해야 하는 일이 항공 권 검색이라니. 섬에 살고 있다는 게 실감이 됐다. 동생을 제주공항까지 데려다 주고 돌아오는 길, 그날따라 손톱달이 유난히도 예뻤다. 차 뒷좌석에는 먹다 말고 포장해 온 피자가 있었다. 운전하는 내내 동생이 넋두리처럼 중얼거린 말이 떠올랐다.

"할머니 사진을 더 많이 찍어둘 걸 그랬어요……."

그러고 보니 나 역시 제대로 된 외할아버지 외할머니 사진이 한 장도 없었다. 유년기의 기억 중 대부분을 차지하고 있는 게 외갓집인데도 이렇다 할 사진이 없다는 게 놀라웠다. 다음 명절에 올라가면 외할아버지 외할머니랑 사진을 좀 찍어야겠다고 생각했다.

집에 도착해 전화를 걸었다. 언제부터였는지 모르겠지만 남동생과 나는 외할머니 댁을 '할먼네'라고 불렀다. 할먼네가 표준어가 아니라는 건 최근에서야 알았다.

5873. 할먼네 전화번호 뒷자리. 숫자를 배우기 시작할 때부터 외우던 번호로 전화를 걸었다. 수신음이 길게 이어졌다. 외할머니 목소리가 들렸다. 당신의 목소

리만큼 큰 TV 소리도 수화기 너머에서 건너왔다.

"수희예요."

"수희?"

"응, 수희! 수희라구, 할머니! 수! 희!"

전화를 드릴 때마다 귀가 점점 안 좋아지시는 게 느껴졌다. 같은 말을 두 번, 세 번씩 하셨고 내 목소리도 자동으로 커졌다. 물론 목소리에 실리는 반가움도 '따블'로 커졌다. 친손녀 친손자 전화만 받으시다가, 웬일로 큰외손녀 전화를 받으시니 반가우실 수밖에. 사실 친손주들과 외손주들 차별한다고 외할머니한테 삐져서 뜨문뜨문 전화만 드릴 뿐, 몇 년째 명절에도 안 가고 있던 중이었다. 뭐가 그렇게 서운했던가. 이미 받을 만큼, 아니 그 이상을 받아 놓고. 꼬장꼬장했던 외할머니가 귀가 어두워지셔서 통화 내용을 잘 못 알아들으신다는 사실이 너무 먹먹해, 전화를 끊고 뻘쭘하게 혼자 훌쩍이며 그 해 명절 연휴를 마무리했다.

그 뒤로 안부 전화를 몇 번이나 더 드렸는지는 기억이 안 난다. 그날로부터 1년 뒤, 나는 외할머니의 부고를 들었다. 아직 외할머니 사진을 찍어두지 못했는데. 외할머니와 제대로 된 인사도 못했는데.

새벽에 엄마한테서 전화가 왔을 때 심장이 내려앉았다. 그 짧은 순간부터 장례식이 끝나고 다시 제주로 내려올 때까지 시간이 하나로 묶인 듯하다. 전화를 받았던 그 포즈 그대로 엎드려 꺼이꺼이 울었다. 대성통곡하는 그 포즈 그대로 울면서 비행기 표를 알아보았다. 추석에 올라가면 당연히 외할머니께 얼굴을 보여드릴 수 있을 거라고 생각했다. 나는 그렇게 마흔이 가까워도 철이 없었다. 이런 게 목 놓아 우는 거구나 싶게 울었다. 내가 태어남으로 해서 할머니 소리를 듣게 된 사람을 나는 이제 어디에서도 만날 수 없게 된 것이다. 난 이제 누구에게 어리광을 부리고, 지랄발광을 한단 말인가.

새벽에 부고를 듣고 최대한 빨리 달려왔는데도 장례식장에 도착하니 오후 1시였다. 8시간. 섬과 육지 사이를 잇는 시간. 섬에서 살면 시간이 많이 필요하다. 마지막 인사를 나누지 못해 그리움이 번지고, 번져든 그리움에 눅눅해지는 시간도, 느릿느릿 말라가는 시간도, 그 모든 시간이 참 많이도 필요한 섬.

　　고인이 언제 가장 생각나느냐는 질문. 이게 얼마나 우문인지 장례식 끝나고 바로 깨달았다. 장례식 뒤 할먼네에서 친척들이 모두 둘러앉아 식사를 하는데, 식탁에 올라온 밥과 반찬이 할먼네 것이 아니었다. 소고기뭇국부터 배추김치까지 내가 알던 외할머니 손맛이 아니었다. 나는 밥이 목구멍으로 넘어가지 않는 진기한 체험을 했다. 아, 밥알이 모래알 같다는 게 이런 느낌이구나. 같은 이유로 두부가 나를 울게 만드는 음식이 되었다. 외할머니는 마당에 있는 가마솥으로 두부를 종종 만드시곤 했는데, 어느 날 도로 옆에 있는 순두부 가게 간판을 보았다. 나는 갓길에 차를 대고 엉엉 울었다. 순두부, 연두부, 그냥 두부…… 어떤 두부든 그저 보기만 해도 눈물보가 터졌다. 할머니가 만들어 주셨던 두부 더 많이 먹어둘걸. 엉엉. 할머니는 왜 아빠한테만 순두부 해주고…… 나도 이제 순두부 잘 먹을 수 있는데. 엉엉. 그날 마트에 가서 순두부 한 봉지를 사왔다. 차마 끓이지 못한 순두부는 유통기한이 지나서 버려야 했다. 순두부가 먹고 싶었지만 그걸 목구멍으로 넘길 자신이 없었다. 집에 놀러왔다가 유통기한이 한참 지난 순두부들을 본 친구는, 순두부 한 번만 더 사오면 가만두지 않겠다고 했다. 하지만 나는 아직도 마트 두부 코너 앞에서 망설인다.

두어 달 뒤, 외할머니가 꿈에 나오셨다. 꿈에서 할먼네는 여느 명절 때처럼 친척들로 북적였고, 남동생이랑 나랑 외할아버지는 외할머니와 얘길 나누고 있었다. 할머니는 자식들과 손주들이 마당으로 들어오는 게 내려다보이는 거실 창가 옆의 할머니 자리에서 밝은 빛을 받으며 앉아 계셨다. 평소와 전혀 다름 없는 모습으로 웃고 떠들다가 문득 '어, 외할머니는 돌아가셨는데?'라고 생각하는 순간 꿈에서 깼다. 누운 채로 천장을 보면서 또 엉엉. 외할머니한테 생떼 쓸 때처럼 울었다. 그날 저녁에 막내 이모한테 전화를 했다. 하루 종일 먹먹하던 마음이 막내 이모 목소리를 듣자마자 또 터졌다.

"이모, 뭐……흐해?"

울음이 올라오는 걸 누르는 게 티가 났나 보다.

"목소리가 왜 그래? 무슨 일 있어?"

"아니…… 할머니가…… 꿈에 나왔엉어어엉!"

전화를 붙잡고 막내 이모랑 한참을 울었다. 이모도 장례식 끝나고 얼마 안 됐을 때, 꿈에 외할머니가 나온 이야길 해주었다. 이모 꿈에 나온 외할머니는 내 꿈에서처럼 하얗고 고급진 옷을 입고 계셨고, 편안해 보이셨다고 했다. 막내 이모와 나는 아마도 외할머니가 좋은 곳에 가셨나 보라고 해몽을 했다. 그런데 이모가 꿈에서 이상한 걸 보았다고 했다. 할머니 옆에 낯선 할아버지가 서 있었다는 거다. 우리 외할아버지는 아직 두 눈 시퍼렇게 뜨고 살아 계신데? 이모는 외할머니에게 "엄마, 옆에 그 영감쟁이는 누구야?"라고 묻지 못한 채 꿈에서 깼고, 외할아버지한테는 꿈에서 본 낯선 할아버지 얘기는 일절 하지 않았다고 한다.

외할머니는 '아베끄'를 보지 못하고 돌아가셨다. 당신이 나의 '아베끄'를 보셨다면 뭐라고 하셨을까?

"우라질년, 잘해놨네."

혹은

"이래 가지고 안 굶어 죽고 살아지겠냐?"

굶어 죽기 직전이라고 했으면 뒤로 용돈 좀 찔러주셨으려나. 살아생전 뒤로 안 찔러주셨으니 하늘나라에서 물심양면 찔러주셔서 '아베끄' 대박 나면 좋겠다. 할머니, 나도 조상 덕 좀 보고 싶어. 친손주만 챙기지 말고 외손주도 챙겨줘. 이승에서 친손주 많이 챙기셨잖아. 아직도 이런 헛소리를 하는 걸 보니, 나는 철들려면 아직 먼 거 같다.

자려고 누웠을 때 '내일 뭐 입지?' 잠시 고민했다. 내일은 패알못이어도 의관을 갖추고 싶은 세리머니가 필요한 날이었다. 아베끄 2주년. 의/식/주 중에서 하나를 포기하라면 '의'를 포기하는 인간이 제주에 내려와서 집히는 대로 입고 다닌 지 어언 4년. 특별히 갖춰 입어야 할 때가 가장 난감했다. 빈약한 옷장을 떠올려봤다. 그 속에서 단정하면서도 a little bit 발랄한 느낌의 원피스를 겨우 골라냈다. 근데…… 살이 많이 쪄서 이 옷이 안 맞으면 어쩌지?

'내일 오픈 피드에 뭐라고 할까?' 별다른 이벤트를 하지 않으니 매일 올리는 오픈 피드에라도 자축 메시지를 담고 싶었다. 구구절절 말고 짤막하고 담백하게, 쿨내 뿜뿜 하는 사장님아 이미지를 유지해야지.

또 뭘 해야 하더라? 혼자 축하 케이크라도 자를까? 촛불은 몇 개? 2주년이니까 2개? 그런데 무슨 케이크로 하지? 치즈케이크가 먹고 싶은데? 근데 치즈케이크를 홀케이크로 하면 혼자 다 못 먹을 텐데? 뽀로로 카스테라나 사와야겠다고 생각했다. 근데 초를 달라고 할까 말까? 일단 달라고 해야겠다. 있으면 언제든 쓰겠지.

드레스 코드, 오픈 피드, 케이크까지 준비했으니, 또 뭘 해야 하나? 그러다 새벽 3시를 넘겼다. 다음 날 아침 당연히 늦잠을 잤고, 부랴부랴 아침으로 짜파구리를 끓였다. 원래 생일엔 짜파구리 먹는 거잖아요? 깔끔하게 설거지까지 마치고서 목욕재계를 하고 어젯밤에 심사숙고해 고른 원피스를 입고 보니 뽀로로 카스테라를 사러 갈 시간이 없었다.

겨우 제시간에 맞춰 서둘러 책방을 환기시키고 에어컨을 켰다. 손님들이 책방에 들어섰을 때 상쾌한 기분이 들어야 하니까. 그리고 혼자만의 의미 부여로 노래를 선곡했다. 이승환의 〈첫날의 마음〉. 촌스러운 1차원 선곡이 내심 민망하긴 했지만 초심을 다지는 데는 이 노래만 한 곡이 없다. 라디오 작가를 그렇게 했어도 음악을 개뿔 모른다. 좋은 노래를 누가 틀어주면 들을 줄이나 알았지, 내가 고르는 노래는 항상 거기서 거기.

어쨌든 선곡까지 마쳤고, 이제 연두색 대문을 열려고 나가는데…… 아놔, 동원이 똥이 똥,똥,똥. 잽싸게 응아를 치우고 대문 앞에 뒤집어 놓았던 'OPEN' 팻말을 돌려놓았다. 그리고 대문을 활짝 열어놓은 후 아베끄의 시그니처 올레길인 잔디 진입로를 지나 내 자리로 들어와 앉았다.

숨을 깊게 들이 마셨다. 깊게 들이 마신 숨을 내뱉고 나서 생각했다.

'자, 이제 뭘 해야 하지?'

아마도 손님을 기다릴 것이다. 변함없이. 내 자리에서 왼쪽으로 고개를 돌리면 보이는 잔디 진입로로 걸어 들어오는 손님을. 그리고 아베끄를 마주하는 손님의 표정과 행동을 무심한 척하며 살피겠지. 손님이 아베끄를 좋아하는지 아닌지. 저 손님이 어떤 책을 살지, 몇 권이나 살지, 이왕이면 서점계의 큰손이길 바라면서.

그렇게 참 특별할 것 없는, 꽤 특별한 하루가 될 것이다.

* * *

특별할 것 없는 아베끄는 적어도 나에게만은 특별한 3주년, 4주년을 채우고 2022년에 좀 특별한 만 다섯 살이 되었다. (이 말인즉슨 이 원고를 3년째 쓰고 있다는 얘기다.) 책방 아베끄에게 먹깨비 동생이 생겼기 때문이다. 쪽잡한 책방에서 책만 팔아서는 코로나 시국을 넘을 수 없었다. 이러다 손가락 빨겠다 싶어 제주 농수산물을 소개하고 판매하던 '아베끄 공구'는 '아베끄쟝'이라는 식료품 가게에 이르렀다. 이름하여 그로서리 아베끄쟝! 책방과 슈퍼마켓 사장님이 된 것이다. 덩달아 나의 반려견 강동워니와 강부자는 슈퍼마켓 집 개들이 되었다. 제주 유기견 보호소 출신 중에 가장 출세한 개들이 아닌가 싶다.

아베끄쟝은 살림집이었던 안거리에 차려졌다. 몇몇 지인들이 몇 년 전부터 안거리에서 가게를 해야 한다고 잔소리를 해댔었다. 그때마다 "나 돈 없어! 댁들이 투자할 거 아니면 그마안~~!!"이라고 그 입들을 막아버리곤 했다. 내가 종종 대접했던 문어라면, 한치라면, 뿔소라 버터구이 등만 마당에서 팔아도 대박이 날 거라고 했다. 난들 그걸 모르나. 실제로 그런 걸로 대박 난 집들이 한둘이 아닌데 나라고 그걸 몰랐겠냐고. 하지만 '그때'에 나는 그 돈을 벌기 위한 써야 할 돈도 없었고 무엇보다 마음의 여력이 없었다.

마음을 먹기가 어려워서 그렇지, 마음먹고 나니 아

베그 때와 마찬가지로 머릿속에 그림이 그려지면서 일사천리로 일이 진행되었다. 먼저 안거리를 비워내야 했다. 살림집을 옮겨야 한다는 얘긴데…… 코로나가 피크를 치면서 제주의 인기가 하늘을 찌르고 있었다. 내가 처음 제주에 내려와 노을에 반해 눌러앉기를 결심했을 때와는 차원이 다른 집값, 땅값이었다. 제주 전역에 연세 주는 집이 품귀라고 했다. 부동산 사장님들도 제주에 살면서 이런 경우는 처음이라고 했다. 제주 집값은 나와 점점 멀어지고 있었다. 대한민국에 부자들이 이렇게 많다고? 다들 돈이 어디서 난 거야? 왜 나만 돈 없는 건데? 여자 사람 하나에 순하고 귀여운 강아지 두 마리가 뉘일 곳이 이리도 없단 말인가.

동네 친구들이 총동원되어 '아사장님과 동원이, 부자 살 곳' 찾기에 들어갔고 결국 눈 빠르고 손 빠른 이웃 덕에 이사할 집을 구할 수 있었다. 가게 하나가 태어나 자라려면 마을 하나가 필요하다고 어디서 들었던 거 같은데? 못 들은 거라면 내가 지금 얘기해야지. 가을에 마음먹었던 '안거리 프로젝트'는 한겨울 이사로 첫발을 내디뎠다.

본격 이사 준비에 들어갔다. 제주에서 두 번째 집. 6년간 나를 품어주었던 '금능9길 1-1 안거리'는 구석구석 버릴 것들로 넘쳤다. 과감히 버렸다. 독하게 버렸다. 이 작은 집에 뭘 이렇게 이고 지고 살았던 것인가. 그리고 1톤 트럭 두 대 분의 이삿짐이 한림 읍내로 옮겨졌다. 무사히 크리스마스와 새해를 이사한 집에서 보낼 수 있었다.

해가 바뀌고 안거리 공사가 시작됐다. 이번에도 하마 오빠팀! 내 머릿속에 있는 것들과 예산을 하마 오빠에게 꺼내 보였고, 역시나 하마 오빠는 의뢰인의 개떡 같은 주문도 찰떡같이 만들어 주는 능력자였다. 안거리가 변하는 모습을 보며 이 집이 그 집이 맞냐고 다들 놀라워했다. 마루와 안방, 작은 옷방엔 진열대와 냉장 쇼케이스들이 차례로 채워졌다.

발주한 물건들이 하나둘 도착하고 진열장이 천천히 채워졌다. 아베끄를 처음 오픈할 때만큼이나 진열장은 헐렁했다. 다만 아베끄 오픈 때와 다른 점은 헐렁해도 불안하거나 조급하지 않았다는 것. 이 헐렁함은 어차피 시간이 지나면 꽉 채워진다는 걸, 아베끄를 하며 알게 됐으니까. 어쩌면 시작은 좀 헐렁해야 오래 버틸 수 있는 게 아닌가 싶다. 팽팽한 고무줄보다 느슨한 고무줄처럼.

아베끄의 스핀오프로 식료품점을 해야겠다고 마음먹은 지 8개월, 안거리를 비우기 위해 살림집을 이사한 지 5개월 만에 그로서리 아베끄장을 열었다. 그렇게 책방 아베끄와 '그로서리 아베끄장'은 한 마당 두 가게가 되었다.

이제는 아베끄 생일이라고 의관을 갖추거나 목욕재계를 하지 않는다. (머리나 감고 나가면 다행이게) 변변찮은 기념 이벤트도 한 적이 없었다. 그렇다면 내년에는 아베끄쟝 생일부터 아베끄 생일까지 두어달 동안 쌈박한 이벤트를 준비해볼까?……라는 생각을 하면서 동시에 결국 시간에 쫓겨 못하게 될 것이라는 것까지 계획에 넣어 본다. 아마도 5월 5일 되어서야 '에라 모르겠다, 이벤트는 무슨 이벤트냐' 하면서 헐레벌떡 머리도 못 감고 연두색 대문을 열고 있을 가능성이 높다. 사람은 쉽게 변하지 않으니까.

우리에게 제주는

✦ 퇴근 후 노을을 보며 마시는 맥주 한 잔!
(제주살이 2년 차, 자영업자)

나에게 제주는 사원이 아닌 사장님으로 인생 2막이 시작된 섬! 자영업자의 힘듦을 느끼지만 다시 돌아가고 싶은 생각은 1도 안 듭니다. 퇴근 후 노을을 보며 마시는 맥주 한 잔에 "그래! 힘들어도 이 맛에 제주 살지!" 그리고 다시 힘내는 일상이 썩 나쁘지 않은 제주살이 중입니다.

✦ 우리만의 우주를 만들어가는 중
(제주살이 4년 차, 안경과 옷, 사진 책 등을 파는 가게 주인)

　제주는 일상의 삶과는 다른 신비로운 세계가 시작된 우리만의 우주예요. 아들의 고향이자 가족의 홈. 영원히 지켜 낼 아름다운 섬입니다.

✦ 첫 독립생활을 제주에서 시작해서 다행이에요
(제주살이 5년 차, 게스트하우스 스테프로 시작해 어린이집 교사)

　제주는 인생 첫 독립의 짜릿함을 알려준 섬입니다. 여전히 제주의 자유롭고 여유로움이 좋아요. 제주에서 생활하더니 행복한 얼굴이 되었다는 친구, 가족들의 말에 한 번 더 웃음 짓게 되네요.

✦ 도시의 평범한 일상도 큰 행복이 될 수 있어요
(제주살이 *년 차, 친언니와 필라테스 스튜디오 운영)

　제주는 육지에서는 크게 느끼지 못했던 작고 소소한 행복으로도 큰 행복을 만들 수 있다는 걸 알게 해준 곳이에요. 배달 가능한 치킨집을 발견했을 때나, 1시간 차 타고 맥도날드에 가서 햄버거를 먹을 때라던가.

✦ 제주에서만 누릴 수 있는 것들

(제주살이 7년 차, 친구 따라 제주에 내려온 직장인)

아기자기한 돌담길과 바다를 보며 마시는 향긋한 아메리카노, 한치회와 한라산 소주, 그리고 제주에서 만난, 혹은 제주에 나를 보러 오는 친구들.

✦ 서울에서보다 더 치열하게 살고 있어요

(제주살이 9년 차, 작은 그릇 가게 주인)

너무 열심히 사는 것을 중단하기 위해 어느 날 갑자기 제주로 왔어요. 하지만 서울에 살 때보다 더 치열하게 살고 있어요. 먹고사는 일이 다 그런 거란 걸 알아가는 중입니다.

✦ 빡치는 일이 (더) 많지만 (그래도) 제주에 살 수밖에

(제주살이 9년 차, 문구점 주인)

섬으로 들어오자마자 꽃놀이패 같았던 회사를 꿀 빨며 다녔어요. 아무리 꿀 빠는 회사여도 부조리함은 있었고, 문득 더럽고 치사해서 때려치웠죠. 그리고 내 장사하면 편할 줄 알았는데 자영업이 더 빡세요. 연차 월차 내 맘대로 할 수 있을 것 같지만 그렇지 못해요. 비싼 제주의 택배비 때문에 빡치고 외식비 높아서 빡치고, 뭐든 다 내 손으로 해야 해서 빡치고, 빡치는 일 많아요. 좋은 건 평화로운 자연경관 감상 정도. 물론 그게 제주살이 이유의 전부이기도 합니다.

✦ 도피처에서 안식처가 되어준 소중한 곳

(제주살이 9년 차, 사진 찍는 아빠와 꽃 하는 엄마)

누군가는 제주살이를 용기 있다고 말하며 부러워했지만 처음, 우리에게 제주는 도피처였습니다. 경쟁 속에 다툴 자신도 없고 아이들을 남들과 같이 키워낼 능력도 없었기에 포장하기 좋게 도망쳐온 도피처. 9년이 지난 지금, 제주는 우리에게 육지에서 우리의 삶은 틀린 것이 아니라 다른 이들과 달랐던 것뿐임을 알게 해주었어요. 우리 가족에게 제주는 조금 느려도 조금 내려놓아도 괜찮은 쉼표와 마침표를 알게 해 준 소중한 안식처입니다.

✦ 인생의 다른 가능성을 알게 준 기회의 땅
(제주살이 10년 차, 게스트하우스 주인, 팟캐스터)

홀로 제주에 왔다가 지금은 개 둘, 고양이 하나, 사람 둘이 되었어요. 제게 제주는 가족을 만들어 준 고마운 섬. 새로운 만남과 인생의 다양한 가능성을 만들어 준 기회의 땅입니다

✦ 살아 있는 것들과 함께하는 법을 알게 되었어요
(제주살이 10년 차, 수의사 남편과 중산간에서 동물병원 운영)

제주는 순간 속에서 모든 살아 있는 것들과 함께하는 법을 알게 해준 곳입니다. 오늘도 잡초를 뽑으며 무

아지경에 빠지고, 돋아난 새순과 머금은 꽃망울을 보며 내일에 대한 설렘을 가져봅니다. 모기들의 공세는 여전히 적응 안 되지만 잡초 뽑기 무아지경으로 들어가면 그 또한 그러려니 할 수밖에.

✦ 좋은 사람들을 만난 내가 선택한 고향
(제주살이 13년 차)

고사리 장마와 내 인생 안개 구간이 겹친, 앞이 잘 보이지 않던 시기에 제주에 왔고 10년이 넘었습니다. 여전히 앞은 불확실하지만, 그사이 손잡고 마음껏 같이 표류할 수 있는 동료들과 가족이 생겼지요. 품을 내어주는 제주에서 좋은 사람들과 더 오래 살고 싶습니다. 제주는 내가 선택한 고향입니다.

© @yeslie

제주에서 먹고살려고 책방 하는데요

초판 1쇄 인쇄 2022년 10월 27일
초판 1쇄 발행 2022년 11월 7일

지은이 강수희
펴낸이 김종길 **펴낸 곳** 글담출판사 **브랜드** 인디고

기획편집 이은지·이경숙·김보라·김윤아 **영업** 김상윤
디자인 손소정 **마케팅** 김민지 **관리** 김예솔

출판등록 1998년 12월 30일 제2013-000314호
주소 (04029) 서울시 마포구 월드컵로8길 41 (서교동 483-9)
전화 (02) 998-7030 **팩스** (02) 998-7924
블로그 blog.naver.com/geuldam4u **이메일** geuldam4u@naver.com

ISBN 979-11-5935-132-7 (03810)

만든 사람들 ───────
책임편집 이은지 **디자인** 정현주 **교정교열** 윤혜숙

글담출판에서는 참신한 발상, 따뜻한 시선을 가진 원고를 기다리고 있습니다.
원고는 글담출판 블로그와 이메일을 이용해 보내주세요. 여러분의 소중한 경험
과 지식을 나누세요.
블로그 http://blog.naver.com/geuldam4u **이메일** geuldam4u@naver.com